TRIP-TIP

DIE BESTEN STÜCKE - BUCH 3

VANESSA VALE

Copyright © 2018 von Vanessa Vale

ISBN: 978-1-7959-0363-9

Dies ist ein Werk der Fiktion. Namen, Charaktere, Orte und Ereignisse sind Produkte der Fantasie der Autorin und werden fiktiv verwendet. Jegliche Ähnlichkeit mit tatsächlichen Personen, lebendig oder tot, Geschäften, Firmen, Ereignissen oder Orten sind absolut zufällig.

Alle Rechte vorbehalten.

Kein Teil dieses Buches darf in irgendeiner Form oder auf elektronische oder mechanische Art reproduziert werden, einschließlich Informationsspeichern und Datenabfragesystemen, ohne die schriftliche Erlaubnis der Autorin, bis auf den Gebrauch kurzer Zitate für eine Buchbesprechung.

Umschlaggestaltung: Bridger Media

Umschlaggrafik: Deposit Photos: ysbrand; Period Images

HOLEN SIE SICH IHR KOSTENLOSES BUCH!

TRAGEN SIE SICH IN MEINE E-MAIL LISTE EIN, UM ALS ERSTES VON NEUERSCHEINUNGEN, KOSTENLOSEN BÜCHERN, SONDERPREISEN UND ANDEREN ZUGABEN ZU ERFAHREN. SIE ERHALTEN EIN KOSTENLOSES BUCH FÜR IHRE ANMELDUNG! TRAGEN SIE SICH IN MEINE E-MAIL LISTE EIN, UM ALS ERSTES VON NEUERSCHEINUNGEN, KOSTENLOSEN BÜCHERN, SONDERPREISEN UND ANDEREN ZUGABEN ZU ERFAHREN. SIE ERHALTEN EIN KOSTENLOSES BUCH FÜR IHRE ANMELDUNG!

kostenlosecowboyromantik.com

PROLOG

Ich freute mich für Duke und T. War verdammt glücklich, dass sie ihre Frauen gefunden hatten. Duke und Jed trugen Kaitlyn auf Händen als wäre sie ein zerbrechliches Stück Porzellan. Tucker und Colton hatten es mit Ava alles andere als leicht gehabt. Augenblickliche, verrückte Liebe. Genau die Liebe, von der uns unser Dad immer erzählt hatte. Das bedeutete jedoch nicht, dass ich nicht neidisch war. Diesen Chaoten war es gelungen eine Frau dazu zu bringen, sie nicht nur zu *mögen*, sondern sich in sie zu verlieben, und sie hatten es besser gewusst, als sie wieder gehen zu lassen. Allerdings würde ich nicht nur mit einem besten Freund Anspruch auf eine Frau erheben. Nein, ich hatte das verdrehte Bedürfnis, sie mit zweien zu teilen. Ich hatte angenommen, dass *sie* niemals auftauchen würde. Welches Mädel würde sich schon auf *drei* Kerle einlassen wollen? Wenn sie irgendwo dort draußen war, so hatte ich sie noch nicht kennengelernt.

Das hatte ich zumindest gedacht...

1

ARKER

„Schh, Kleiner. Ich tu dir nicht weh", murmelte ich, wobei ich mich um meine sanfteste Stimme bemühte.

Ich starrte hinab auf einen braunen Mischling, der aussah, als würde er gleich ängstlich davonrennen. Hier draußen in der Prärie gab es jedoch keinen Ort, an den er hätte fliehen können. Nur offene Felder und hinter diesen sogar noch mehr weite Flächen. Er wirkte wie ein netter Hund und war wahrscheinlich hungrig. Mich umschauend, fragte ich mich, wo er wohl Wasser gefunden haben könnte. Ein Bach? In der Ferne standen Pappeln, was Wasser bedeutete, aber trotzdem. Irgendein Loser musste ihn am Straßenrand ausgesetzt haben.

Seine braunen Augen blickten in meine, sein Körper war reglos, die Muskeln angespannt und zitternd.

„Willst du ein Sandwich? Ich teile mit dir."

Ich lief langsam rückwärts, damit er nicht wegrannte –

ich konnte ihn nicht hier draußen lassen und ich wollte ihn nicht verfolgen müssen – und holte mein eingewickeltes Schinkensandwich von der Mittelkonsole.

Ich riss die Hälfte davon ab und warf sie ihm zu. Er sprang zurück, dann schnüffelte er.

Ich ging zur Hintertür des Streifenwagens und öffnete sie, warf die andere Hälfte auf den Plastiksitz. Er war kein Gefangener, aber er brauchte ein Bad, bevor er vorne sitzen konnte.

Ich lehnte mich an die Seite des SUV und sah weg, damit ich ihn nicht erschreckte. Aus dem Augenwinkel sah ich, wie er mit sich rang, bevor er auf Zehenspitzen – wenn Hunde so etwas taten – zu dem Sandwich auf dem Boden schlich und es verschlang. Seinen Kopf hebend, schnupperte er in der Luft. Er war kein Dummkopf und wusste genau, wo die andere Hälfte war. Ich musste einfach hoffen, dass er so schlau war, ins Auto zu springen, um sie sich zu holen.

Das war er. Er hüpfte hinten rein, um sich den Rest seines Snacks zu schnappen. Ich schloss die Tür und lief um den Wagen zur Fahrerseite, rutschte hinters Lenkrad.

„Pam, ich bin draußen auf der Bezirksstraße Sieben und habe einen streunenden Hund aufgelesen. Hungrig. Ich denke, er sollte von einem Tierarzt untersucht werden", sprach ich in mein Funkgerät.

„Es gibt eine Praxis auf der Fourth, zwei Blöcke von der Main Street", antwortete sie, wobei ihre Stimme blechern aus dem Funkgerät drang.

Ich warf einen Blick auf die Rückbank, wo der Hund sich gerade die Lippen leckte. Er hatte eindeutig mehr Freude an dem Sandwich gehabt, als ich das gehabt hätte. Er setzte seinen Hintern auf dem Sitz ab und starrte mich an, legte den Kopf zur Seite. Etwas Labbi, etwas Basset, etwas…was wusste ich schon über Hunde, außer dass dieser hier braun war? Ich hatte nie einen gehabt, als ich klein war. Er wirkte zufrieden auf seinem Platz, als wäre er schon öfters in einem Auto gefahren und wüsste, dass wir irgendwo hinfahren würden. Und dass er nicht allein war.

Ja, da kann ich mitfühlen, Kumpel.

Es fühlte sich gut an, erwünscht zu sein, jemanden zu haben, der sich um einen kümmerte – und damit meinte ich jemanden, der mich gegen die Tür presste oder mich über das Bett beugte, wenn ich von der Arbeit nach Hause kam und der mich jeden einzelnen Einsatz oder Gerichtstermin vergessen ließ. Ich wollte, dass er mir aus meiner langweiligen Uniform half und mich nackt auszog. Dass er die Kontrolle übernahm, damit ich mich unterwerfen konnte. Loslassen konnte. Mich fallen lassen konnte.

Gott, ja.

Und mit *ihm* meinte ich zwei Männer, denn einer war nicht genug für mich. Ich brauchte diese zusätzliche Dosis Dominanz, die konstante Potenz, nach der meine übermäßig große Libido verlangte.

Ich war nicht vernachlässigt – dafür sorgte mein Vibrator – oder am Straßenrand ausgesetzt worden wie das haarige Kerlchen, das mich gerade beäugte. Ich war zurück in meiner Heimatstadt, hatte einen neuen Job, meine Mom lebte in der Nähe und ich hatte eine Menge Batterien für den häufigen Einsatz von Sexspielzeugen…ich hatte nichts zu klagen. Aber auch wenn ich nicht allein war, war ich – besser gesagt meine Pussy – definitiv ein bisschen einsam.

Ein Schwanz wäre nett. Vorzugsweise sogar zwei Schwänze, weil ich eine Menge zu bieten hatte. Ich hatte das Gefühl, dass ich einfach zu viel für nur einen Kerl wäre, weil ich wirklich *eine Menge* zu bieten hatte. Momma meinte, ich hätte große Knochen. Ich betrachtete mich eher als

Amazone. Mit meinen knapp eins achtzig überragte ich die meisten Kerle in der Stadt. Und diese großen Knochen? Ja, auf die hatte ich Muskeln und eine gute Polsterung gepackt. Große Möpse, großer Hintern. Nicht allzu viele Männer waren an all dem interessiert, womit ich ausgestattet war. Ich hatte feste Freunde gehabt – ich war alles andere als eine Jungfrau – aber es war eine Weile her. Ich diskriminierte und war definitiv wählerisch, wenn es darum ging, wer in meinem Bett landete. Oder mich gegen eine Wand presste.

Dann gab es da noch die Tatsache, dass ich der Sheriff von Raines County war und dieser Job ging mit einem Waffengürtel, einem Paar Handschellen und einem Uniformhemd einher, das mich mehr wie ein Mann als eine Frau aussehen ließ. Ich gehörte nicht der sanftmütigen, schüchternen Art an. Ich war nicht zierlich. Klein. Die meisten Männer wollten in einer Beziehung die Hosen anhaben und mein Job verlangte nicht gerade nach Röcken. Jeans, Stiefel und das Uniformhemd. Sogar ein Waffengürtel mit mehr Schnickschnack als Batman hatte.

Ich seufzte. Der Job hatte mich gewählt und hier war ich. In Raines, Montana, im SUV eines Sheriffs mit einem Streuner. Ich bezweifelte, dass ich einen Mann, ganz zu schweigen von zweien, finden würde, zumindest nicht während ich den Job hatte. In Gedanken setzte ich eine neue Packung Batterien auf meine Einkaufsliste. Ich würde sie brauchen.

„Zehn-vier", erwiderte ich, legte das Funkgerät beiseite und machte mich auf den Weg zurück in Richtung Stadt. Jeder Tag in diesem Job war anders. Papierkram, Zeit im Gericht, Verkehrskontrollen. Zum Teufel, sogar die Rettung eines Hundes. Dafür, dass es sich um eine Kleinstadt handelte, war der Job nicht langweilig. Bis jetzt war er tatsächlich nicht allzu schlecht. Damals während des Jurastudiums hätte ich mir niemals träumen lassen, dass ich wieder in meine Heimatstadt zurückkehren würde. Zehn Jahre abwesend, zwei Monate zurück.

Ich blickte in den Rückspiegel und musterte den Hund. Ich wollte losziehen und den Mistkerl suchen, der ihn ausgesetzt hatte, aber parkte stattdessen vor der kleinen Tierarztpraxis. „Ich werde kurz reingehen und eine Leine holen", erklärte ich ihm, während ich ihn durch das Metallgitter zwischen den vorderen und hinteren Sitzen betrachtete. Ein Ohr stellte sich auf, als würde er aufmerksam zuhören. „Ich werde dir auf keinen Fall durch die ganze Stadt hinterherjagen."

Ich stieg aus, ging in die Praxis. Eine kleine Glocke über der Tür signalisierte mein Eintreten. Es war niemand an der Theke, aber ein Mann kam durch einen langen Gang auf mich zu.

Nicht irgendein Mann. Heilige Scheiße.

Gus Duke.

Wir hatten einander direkt nach dem Highschoolabschluss und den Großteil jenes Sommers gedatet – wenn Achtzehnjährige das überhaupt daten nannten. Erste Liebe. Erstes alles. Wir waren die meiste Zeit total scharf aufeinander gewesen, vor allem als er mich eines späten Abends in seinem Pickup Truck auf einer staubigen Nebenstraße entjungfert hatte. Ich hatte ihm ebenfalls seine Jungfräulichkeit genommen. Es war intensiv gewesen – die Gefühle, das Verlangen, das wir in jenem heißen Sommer geteilt hatten. Gott, ich hatte *gebraucht*, was Gus mir gegeben hatte, hatte jede Minute davon, von jenem erotischen Sommer, geliebt.

Aber als ich älter wurde, wurde mir klar, dass das, was wir getan hatten, für mich nicht reichte. Ich war anders, hatte ungewöhnliche sexuelle Sehnsüchte. Es war fast so, als wären wir unterschiedlich gestrickt. Vanilla war nichts für mich.

Im Nachhinein betrachtet, wunderte ich mich, ob wir, wenn wir mehr Zeit zusammen gehabt hätten, mehr gemacht hätten, als es wie die Karnickel zu treiben. Heiß, hart und heftig. Dann war der August gekommen und wir waren beide aufs College gegangen und hatten nie zurückgeblickt. Oh, ich hatte oft genug an ihn gedacht. Insbesondere den Sex. Wir waren geile Teenager gewesen, die nur daran interessiert waren, zum Orgasmus zu kommen, und nicht an den Details, wie man dort hinkam. Es hatte Jahre gedauert, bis ich verstanden hatte, dass es besser war, wenn all die richtigen Knöpfe gedrückt wurden. Ich fragte mich, ob Gus jetzt wissen würde, wie er meine drücken musste... oder ob er das überhaupt tun wollen würde. Vor allem als mir bewusst wurde, dass er nicht genug sein würde, selbst jetzt während ich ihn in seiner ganzen glorreichen Pracht anstarrte.

Mit achtzehn war er süß gewesen. Heiß. Sogar sexy. Aber jetzt sah er geradezu anbetungswürdig aus. Er war schon immer groß gewesen – das war eines der Dinge, die ich an ihm gemocht hatte, denn neben ihm kam ich mir fast klein vor – aber mit achtundzwanzig war er kräftiger, hatte ungefähr dreißig Pfund sehnige Muskeln zugelegt, die einem unter seiner engen Jeans und dem Schnitt seines Hemdes nicht entgehen konnten.

Seit ich zurück war, hatte ich ihn einmal gesehen. Es hatte einen Vorfall auf der Duke Ranch gegeben, einen Eindringling, und sie hatten die Polizei gerufen. Gus' Bruder Tucker führte jetzt die Ranch, aber die gesamte Familie war wegen eines Picknicks dort gewesen. Ich hatte Dienst gehabt und war mit einem Deputy erschienen, der bereit gewesen war, den Kerl niederzuringen, sollte es nötig werden. Das war es nicht gewesen, da das Arschloch – ich konnte bestätigen, dass er eines war aufgrund der Schimpfworte, die er die ganze Zeit, die er in Gewahrsam war, von sich gegeben hatte – wie eine Weihnachtsgans verschnürt gewesen war, als wir angekommen waren. Also hatte ich nichts weiter getan, als Gus zur Begrüßung kurz zu winken – und er hatte mir im Gegenzug zugezwinkert – bevor wir den Kerl abgeführt hatten. Ich hatte keine Chance gehabt, ihn gründlich zu mustern.

Aber jetzt konnte ich das. Und ich tat es.

Dunkle Haare, dunkle Augen, die mich so eindringlich betrachteten wie ich ihn. Der Bart war neu – ich bezweifelte, dass er mit achtzehn mehr als ein paar Stoppeln gehabt hatte. Kurz geschnitten, selbst von der anderen Seite des Empfangszimmers konnte ich Spuren von Rot darin sehen. Er trug ein Flanellhemd und Jeans. Robuste Lederstiefel. Ihm fehlte lediglich ein Hut, um seinen Cowboy-Look zu vervollständigen, aber ich wusste, dass er einen besaß, weil er ihn getragen hatte, als ich ihn auf der Duke Ranch gesehen hatte. Er sah nicht gerade wie ein Tierarzt aus, sondern eher wie ein Model für einen Kalender mit sexy Cowboys aus Montana.

„Parker", sagte er und sonst nichts. Seine tiefe Stimme glitt über mich und machte meine Nippel hart. Gott, ein Wort und ich steckte in Schwierigkeiten.

Die zehn Jahre verpufften einfach und ich war wieder das Mädchen, das scharf...absolut scharf auf den sexy Duke Jungen war. Es gab ein ganzes Jahrzehnt an Dingen, über die wir reden könnten, aber ich hatte keine Ahnung, wo ich anfangen sollte.

Willst du da weiter machen, wo wir aufgehört haben? Wenn ich mich richtig erinnere, war ich nackt und auf der Rückbank deines Pickups und du hast dich glücklich zwischen meinen gespreizten Schenkeln verlustiert. Dieses Mal vielleicht lieber ein Bett? Und bring einen Freund mit!

Das waren die Gedanken meiner Pussy und sie hatte das Sagen. Zumindest in diesem Moment, also deutete ich mit dem Daumen über meine Schulter. „Gus. Ich…ähm, hab einen streunenden Hund gefunden. Hab ihn in meinem Auto. Dachte, du könntest vielleicht einen Blick auf ihn werfen."

Er lief zu einem Haken an der Wand, an dem einige Leinen hingen und nahm eine. „Klar. Dann wollen wir ihn mal holen."

Er begleitete mich aus der Praxis, wobei er die Tür hinter sich offenstehen ließ. Das Wetter war trocken und warm, dafür dass es bereits auf den Herbst zuging. Ich ging zu dem SUV und er folgte mir. Als ich die Hintertür öffnete, erwischte ich ihn dabei, wie er meinen Arsch musterte. Er grinste, kein bisschen beschämt darüber, dass er ertappt worden war. Ja, er hatte sich nicht großartig verändert.

Bevor Gus ihm die Leine anlegen konnte, sprang der Hund aus dem Wagen, lief den Pfad zu einem kleinen Busch hoch, pinkelte daneben, dann lief er direkt weiter in die Tierarztpraxis.

Gus beobachtete ihn und schüttelte leicht den Kopf. „Ich schätze, sie wird keine schwierige Patientin sein."

„Sie?", fragte ich, während ich in die Tierarztpraxis starrte, als könnte ich den Hund noch immer sehen. „Ich dachte, *sie* wäre ein *er*."

Er warf mir einen Blick zu, nach wie vor ein Lächeln auf den vollen Lippen – den Lippen, an deren Küsse ich mich so gut erinnern konnte – und zog eine dunkle Augenbraue hoch. „*Sie* hat sich zum Pinkeln hingesetzt. Hat kein Bein gehoben."

Das ergab Sinn. „Ich hab mir nicht die Zeit genommen, ihren...Unterbau zu überprüfen."

Die dunkle Braue wanderte noch höher und seine vollen Lippen kräuselten sich auf diese sexy Weiße, an die ich mich so gern erinnerte. „Dein *Unterbau* ist mir noch gut in Erinnerung." Er trat einen Schritt näher und ich konnte ihn riechen. Seife und Natur und dieser vertraute Geruch, der allein Gus war. „Sag mir, Elfe, hast du immer noch den kleinen Leberfleck auf der Innenseite deines rechten Schenkels? Direkt über diesen hübschen Schamlippen?"

2

US

Parker streckte ihre Hand aus und legte sie über meinen Mund und ich schmunzelte an ihrer Handfläche. Ihre Wangen liefen knallrot an und weil in ihren dunklen Augen nicht nur Feuer, sondern auch Hitze aufflammten, zweifelte ich nicht daran, dass ihre Pussy tropfnass war. Ja, die ersten Worte, die ich nach einem Jahrzehnt an sie richtete, drehten sich um das kleine Muttermal, das ich aus der Nähe und sehr, *sehr* intim gesehen hatte. In jenem Sommer hatte ich sehr viel Zeit mit dem Kopf zwischen ihren gespreizten Schenkeln verbracht. Ich war der Erste gewesen, der sie geöffnet hatte und ich hatte diese süße Stelle nie vergessen, hatte das kleine Mal geküsst, dann ihre feuchte Spalte leicht rechts davon.

Es war einfach gewesen zwischen uns. Sicher, wir hatten miteinander rumgemacht und uns dabei ziemlich bescheuert angestellt. Zum ersten Mal mit jemandem zu schlafen, war mehr unbeholfenes Fummeln als Ficken. Ich bezweifelte, dass ich überhaupt eine Minute durchgehalten hatte, nachdem ich mich in Parker versenkt hatte. Aber sie hatte sich immer wieder für mich geöffnet, bis ich sehr viel länger durchgehalten und sie dazu gebracht hatte, meinen Namen zu schreien.

Selbst jetzt schmunzelte ich noch, wenn ich nur daran dachte, wie leidenschaftlich sie war, wie ein kleiner Knallfrosch, der beim kleinsten Funken explodierte. Ich hatte dieses Feuer entzündet, hatte sie so verdammt heiß gemacht, dass ich für alle anderen so ziemlich verdorben war. Aber der Sommer war kurz gewesen und das Leben war uns dazwischen gekommen. College für uns beide. Tiermedizin für mich. Jura für Parker. Wir waren ehrgeizige Menschen, die sich um das bemühten, was sie wollten, die hart arbeiteten und es sich nahmen. Aber sie war diejenige, die's für mich gewesen wäre. Daran bestand keinerlei Zweifel.

Aber jetzt war sie zurück. Ein kurzer Blick auf sie auf der Ranch vorige Woche hatte in mir den Wunsch geweckt, sie wiederzusehen, dort weiter zu machen, wo wir vor all den Jahren aufgehört hatten. Ich bis zu den Eiern in ihr und dieses Mal ohne unbeholfenes Fummeln. Und sie würde mir auf halbem Weg entgegenkommen, das stand außer Frage. Ich würde sie nicht dazu überreden müssen, ihre Beine zu öffnen. Sie würde auf mein Bett fallen und sie weit spreizen, begierig auf einen wilden Ritt.

Parker war kein verschüchtertes kleines Ding. Zum Teufel, nein. Ich musste nach unten schauen, um ihr in die Augen sehen zu können, aber nicht weit. Ich wollte eine Frau, die für sich selbst einstehen konnte, aber sich dennoch unterwerfen wollte, die ihre Kontrolle abgeben wollte. Parker war verdammt klug, hatte einen Job. Konnte ohne einen Mann auf eigenen Beinen stehen. Aber das bedeutete nicht, dass ich nicht der Mann in ihrem Leben sein wollte. Oder einer von ihnen.

Zurückblickend betrachtet, war es offensichtlich, dass sie auf jede ausgefallene Sache, die wir nach der High-School ausprobiert hatten, abgefahren war. Aber wir waren achtzehn gewesen. Jungfrauen. Wir hatten so gut wie nichts gewusst, einschließlich dessen, welche Art von Sex wir mochten – abgesehen von hemmungslosem Vögeln.

Jetzt mochte ich es hart. Wild. Und oft. Ich wollte es mit Parker. Und hoffentlich würde sie es auf die gleiche Art wollen. *Und* mit Kemp und Poe. Ich musste nur herausfinden, wie groß ihr Interesse daran war, mit drei Männern zusammen zu sein. Unverhohlenes Interesse – zumindest an mir – in ihrem Gesicht zu sehen, war eine Sache. Dass sie die Worte tatsächlich aussprach, war eine andere. Und essentiell.

Ich liebte das Gefühl ihrer Hand auf meinem Mund. Weich, warm. Ich konnte ihren sauberen Duft riechen. Kein Parfüm für Parker. Nur frische Luft, Sonnenschein und etwas, das nur *sie* war. Ich begann zu reden und sie zog ihre Hand weg. „Du erinnerst dich auch an *meinen* Unterbau, da bin ich mir sicher. Er ist ziemlich unvergesslich." Ich klopfte mir auf die Brust und grinste. „Seit ich achtzehn war, bin ich noch etwas gewachsen. *Überall.*"

„Oh mein Gott", sagte sie, schüttelte den Kopf und verdrehte die Augen.

Ich musste einfach schmunzeln, denn das war die neckische Parker, an die ich mich erinnerte. Gott, ich hatte sie vermisst. Mein Schwanz schwoll an, nur weil sie in meiner Nähe war. Ich wollte sie aus ihrer Uniform schälen, sodass sie nackt war. Die Handschellen an ihrer Taille könnten sich für die Dinge, die wir gemeinsam tun würden, als recht nützlich erweisen.

Ich musste nicht subtil vorgehen. Kein Candlelight-Dinner und süße Verführung. Parker brauchte das nicht und, wenn ich sie so gut kannte wie ich dachte, wollte es auch nicht.

„Kannst du dich noch an das eine Mal erinnern, als ich dich über die Heckklappe meines Trucks gebeugt habe? Das war die perfekte Höhe für mich, um dich zu ficken. Wenn ich mich richtig erinnere, habe ich auch meinen Daumen in deinen Arsch gesteckt."

Ihr Mund klappte auf und ich wusste, dass sie sich erinnern konnte. Gut.

„Benimmst du dich bei all deinen Kunden so?"

„Seit du wieder in der Stadt bist, Elfe?", fragte ich und musterte sie von oben bis unten. Ich tat es unverhohlen. Ich wollte, dass sie wusste, dass mir gefiel, was ich sah, dass ich bemerkte, dass sie zugelegt hatte, seit sie achtzehn war. Wenn sie mich nur gründlich genug betrachten würde, würde sie sehen, wie hart ich für sie war. „Nur bei dir."

Die Röte in ihren Wangen intensivierte sich daraufhin sogar noch, wie bei dem jungen Schulmädchen, an das ich mich erinnerte. Sie war groß und hatte fantastische Kurven. Sie war üppig, mehr als eine Handvoll Titten und Arsch, dicke Schenkel und fuck, ich sehnte mich danach, wieder zwischen ihnen zu liegen.

Ihre glatten Haare waren nach hinten zu einem Pferdeschwanz in ihrem Nacken gebunden. Einfach und schlicht, aber das zeigte nur, wie hübsch sie war. Hohe Wangenknochen, helle Haut, die so hübsch errötete und volle Lippen, von denen ich noch wusste, wie sie sich um meinen Schwanz angefühlt hatten.

Ihre Augen wanderten nach unten und ich sagte nichts,

gab ihr Gelegenheit, mich zu mustern. Ich war nicht klein, nirgends. Wie ich gesagt hatte, war ich *überall* gewachsen, seit ich achtzehn war. Ich war damals schon groß gewesen... so groß wie ein Babyarm, wenn ich mich richtig an ihre Worte erinnerte, als sie meinen Schwanz zum ersten Mal erblickt hatte. Jetzt allerdings...musste ich ihn entlang meines Innenschenkels verstauen, damit ich bequem laufen konnte. Und just in diesem Moment verwandelte er sich in ein Bleirohr. Als ihre Augen groß wurden, grinste ich. Ja, sie hatte ihn entdeckt.

Ich legte meine Hand darüber, drückte in der Hoffnung, mögliche Lusttropfen daran zu hindern, hervorzuquellen. Die waren alle für Parker und ich schämte mich nicht dafür, aber ich wollte, dass sie sah, dass ich etwas mehr Kontrolle hatte als damals als Teenager.

Allerdings war es in ihrer Gegenwart nicht gerade bestens um meine Kontrolle bestellt, bis ich sie ein paar Mal gehabt haben würde. Ihre Augen ruhten auf meiner linken Hand.

Das ist richtig, Elfe. Kein Ehering. Ich würde nicht mit ihr – oder irgendeiner Frau – flirten, wenn ich vergeben wäre. Zum Teufel, ich *war* vergeben. An Parker. Sie wusste es nur noch nicht.

Sie leckte über ihre Lippen. „Ich erinnere mich an dich. Daran, wie es war. Wie könnte ich das vergessen? Aber das ist lange her. Ich bin mir sicher, du hast deine Technik verbessert. Ich weiß, dass das bei mir der Fall ist."

Verbessert? Wahrscheinlich. Verfeinert? Definitiv. Die Vorstellung, dass sie mit anderen Kerlen zusammen war, weckte in mir den Wunsch, jeden einzelnen aufzuspüren und ihm den Kopf abzureißen. Aber ich hatte auch andere Frauen gehabt und ich hatte nie erwartet, dass sie zu Hause sitzen und mir hinterher schmachten würde und ihre Pussy vernachlässigte. Wenn ich erst einmal wieder in ihr war, würden die anderen Kerle sowieso alle vergessen sein, das war mal verdammt sicher.

Aber wenn sie noch besser im Sex geworden war, würde sie mich wahrscheinlich umbringen. Ihre Pussy war zuvor schon magisch gewesen. Aber jetzt… „Oh, Elfe, es ist zu lange her." Meine Stimme wurde ganz sanft und leise, als ich den alten Kosenamen, den ich ihr gegeben hatte, verwendete – sie war alles andere als eine Elfe. Unser Gespräch veränderte sich von neckischem Geplänkel zu etwas…Intimerem. Etwas von vor so langer Zeit und dennoch fühlte es sich an, als wäre nicht ein ganzes Jahrzehnt vergangen.

„Im Wartezimmer sitzt ein Hund auf einem Stuhl."

„Heiliger Bimbam, wer ist das?" Parker beugte sich zu mir und flüsterte.

Ich hatte Kemp schon zuvor gesehen, also beobachtete ich Parker, erfasste ihren ersten Eindruck von ihm. Ja, ihr Interesse konnte ich nicht übersehen. Frauen warfen praktisch mit ihren Höschen nach Kemp, der ein ruhiges Auftreten hatte und gut aussehend war. Er war Single, wohnte nicht mehr bei seiner Mutter und hatte als Tierarzt einen sicheren Job. Ein guter Fang, aber noch keine hatte ihn sich geschnappt. Ich hoffte nur, dass Parker es tun würde.

Ich schaute in seine Richtung, sah, dass er sich am Kopf kratzte, sich eindeutig über den Hund amüsierte. Er war so groß wie ich, aber etwas schlanker. Wohingegen ich dunkel war, war er hell mit blonden, lockigen Haaren. Er trug sein übliches schwarzes T-Shirt und Jeans. Keiner von uns griff nach dem kurzen, weißen Tierarztmantel.

„Der Sheriff hat gerade unseren neuesten Patienten abgeliefert", erklärte ich ihm, aber sah zurück zu Parker, während ich die Vorstellung übernahm. „Kemp, das ist Parker Drew."

„*Die* Parker Drew?", wollte er wissen und lief den Weg zu uns.

„Das bin ich", erwiderte sie und streckte ihre Hand aus, um seine zu schütteln. „Vorübergehender Sheriff."

Zum Teufel ja, ich hatte Kemp und Poe von Parker erzählt. Sie war *Die Eine*. Das hatte ich mir gedacht, nachdem ich sie auf der Ranch wiedergesehen hatte und jetzt war ich mir sicher. Allein sie zu sehen…taff und süß, alles in einem umwerfenden Paket, und ich wusste, Kemp musste einfach zustimmen. Ich hatte eine Vergangenheit mit ihr, also konnte ich ihr versaute Dinge zuraunen, ohne eine Ohrfeige zu kassieren. Nein, Parker war keine, die Ohrfeigen verteilte. Sie würde mir ihr Knie in die Eier rammen und dann Ohrringe aus ihnen machen. Nach dem Interesse in ihren Augen zu urteilen, war ich davor sicher. Ich konnte über ihre Pussy reden, ihr mitteilen, dass mein Schwanz hart für sie war. Ich würde sie nicht verschrecken. Bis jetzt hatte ich das noch nicht. Wenn jedoch Kemp sich so verhalten würde, würde er absolut schmierig rüberkommen. Aber mir entging sein Interesse nicht.

„Entweder interessierst du dich für die County Politik und ich bin berüchtigt in meinem neuen Job oder dieser Kerl hier hat geplappert", sagte sie und deutete auf mich.

„Ich weiß, dass der Stadtrat beschlossen hat, einen vorübergehenden Ersatz einzustellen, weil Sheriff Hogan gestorben ist. Da es eine Stelle ist, in die man gewählt wird, wurde beschlossen, die Stelle bis November zu besetzen. Dann können die Leute wählen, wer den Job bekommt, entweder Hogans Sohn Liam oder Mark Beirstad. Oder du. Du bist dieser Ersatz."

„Das ist richtig", bestätigte sie.

„Aber Gus hat auch geplappert", fügte er mit einem Zwinkern hinzu. „Es freut mich, die Ex-Freundin kennenzulernen. Diejenige, die's gewesen wäre."

Parkers Mund klappte auf und sie starrte mich mit ihren großen, dunklen Augen an. Ich konnte ihre Gedanken lesen: *Diejenige, die's gewesen wäre?* Ich zuckte mit den Achseln, aber sagte nichts. Sie hatte mir nicht den Laufpass gegeben. Ich hatte nicht mit ihr Schluss gemacht. Uns war einfach die Zeit ausgegangen. Sie war nach Vermont aufs College gegangen und ich nach Minnesota. Wenn es um unsere Bildung ging, waren wir beide fokussiert und ehrgeizig und wir hatten uns auseinandergelebt. Hatten das Ganze hinter uns gelassen. Bis jetzt. Jetzt gingen wir zurück und machten dort weiter, wo wir aufgehört hatten. Aber dieses Mal würden sich hoffentlich Kemp und Poe dem Spaß anschließen.

„Erzähl mir, was mit deinem Hund los ist." Kemp deutete mit dem Kopf zu dem Gebäude. Es war offenkundig, dass Parker froh über den Themenwechsel war. Ich war offensiv vorgegangen und auch wenn er sich nicht so forsch benahm, war Kemp ziemlich viel auf einmal für eine Frau. Dass Parker nicht umhin kam, ihn gründlich zu mustern, bewies das.

„Oh, er...ich meine, *sie* gehört mir nicht. Ich fand sie draußen auf der Bezirksstraße Sieben. Ich brachte sie hierher, um sicherzugehen, dass sie in Ordnung ist."

Er schaute hinter sich in das Wartezimmer. „Ich würde den Mistkerl, der sie ausgesetzt hat, gerne dort draußen aussetzen und schauen, wie es ihm ohne Essen, Wasser oder einen Unterschlupf ergeht." Er rieb sich mit der Hand über den Nacken. „Sie sieht allerdings nicht zu schlecht aus, wenn man die Umstände bedenkt. Also schätze ich, dass sie nicht allzu lange dort draußen war." Er blickte zu Parker, dann mir. „Ich werde sie nach hinten mitnehmen und überprüfen, ob sie einen Chip hat."

Kemp ging wieder nach drinnen und wir waren allein.

„Gab es irgendwelche Probleme mit dem Eindringling?", erkundigte sie sich, als würde sie versuchen, Small Talk zu betreiben.

Das amüsierte mich. Ich konnte erkennen, dass sie leicht nervös war, aber sie verbarg es gut. Sie war eine ehemalige Geliebte. Mehr als das. Parker war nicht irgendein One-Night-Stand gewesen. Ganz im Gegenteil. Wir hatten unsere erste Liebe geteilt. Viele erste Male. Es war etwas peinlich, sich an das zu erinnern, was wir gemeinsam getan hatten, wie wir verschiedene Stellungen in meinem alten Pickup ausprobiert hatten. Ein Lächeln zupfte an meinen Lippen, als ich daran dachte, wie viel Spaß ich mit ihr gehabt hatte. Beim Experimentieren, beim Erkunden. Ich wusste, dass sie mich nicht in Topform erlebt hatte.

Sie wusste, wie ich nackt aussah, wusste, wie ich aussah, wenn ich kam. Wir waren nicht übermäßig abenteuerlustig gewesen, da es nicht viele Orte gegeben hatte, an denen wir hätten rummachen können. Ich hatte drei Geschwister und in meinem Haus ging es immer zu wie in einem Taubenschlag. Wir hätten niemals irgendetwas in meinem Zimmer tun können. Und Parkers Haus? Ich war einmal durch ihr Schlafzimmerfenster reingeschlichen, aber wir hatten wirklich leise sein müssen, weil das Haus klein und die Wände dünn waren. Und ich hatte herausgefunden, dass Parker schrie, wenn sie kam und das wäre ungünstig gewesen, während ihre Mutter am anderen Ende des Flurs schlief. Ich hatte gewusst, dass sie und ihre Mutter sich nahestanden, aber nicht *so* nahe.

Ich strich abwesend mit den Fingern durch meinen Bart

und sie beobachtete mich, als wünschte sie sich, sie könnte das an meiner Stelle tun. „Du weißt mehr über seine Auflagen als wir, aber der Typ ist nicht zurückgekommen." Irgendein Arsch hatte Avas Dad Insiderhandel angehängt und wollte sie heiraten, um sich den Rest ihres Familienvermögens unter den Nagel zu reißen. Das verdammt riesig war. Ava hatte kein Interesse an dem Typ, nicht einmal bevor sie sich auf meinen Bruder Tucker und Colton Ridge eingelassen hatte. Der Typ war nur auf der Ranch aufgetaucht, um herum zu stänkern und das hatte alle stinksauer gemacht. „Ava muss sich um den Loser keinen Kopf mehr machen."

Denn Ava hatte nicht nur das Gesetz auf ihrer Seite, sondern auch die gesamte Duke Familie und andere Männer wie Colton, Jed und die Rancharbeiter, die auf sie aufpassten. Sie würde zwar Coltons Namen annehmen, wenn sie heirateten, aber sie würde trotzdem auch zu Tucker gehören. Sie würde dennoch meine Schwägerin sein. Ich war mir nicht sicher, wie gut Parker Ava kannte, aber vielleicht war sie ihr schon mal begegnet, vor allem weil Ava der Seed & Feed gehörte und sie ihn führte.

„Es war alles ein bisschen verrückt an jenem Tag, aber ich wollte mit dir reden", fügte ich hinzu. Fuck, hatte ich das gewollt. Und nicht nur reden. Ein Blick auf sie nach all den Jahren und ich hatte sie mir über die Schulter werfen und an einen privateren Ort tragen wollen, damit wir uns wieder kennenlernen konnten...auf alle möglichen Arten. Ob sie beispielsweise immer noch wimmerte und sich verkrampfte, bevor sie kam. Oder ob es ihr gefiel, wenn ich in ihre Schulter biss, während ich sie von hinten nahm, wie es ein Hengst bei einer Stute tun würde. Ich hätte sie auf ihre Knie gehen und mich schlucken lassen, während diese dunklen Augen zu mir hochblickten.

Aber sie hatte gearbeitet und ich hatte nicht vor, mich in ihren Job einzumischen. Nachdem sie gegangen war, hatte ich gehen und mir im Bad einen runterholen müssen, genauso wie ich es schon als Teenager gemacht hatte.

Sie hatte in ihrer Rolle als Sheriff den Hund in die Praxis gebracht. Also war es wahrscheinlich nicht die beste Idee, ihr versaute Dinge zuzuraunen, während sie arbeitete, aber ich glaubte nicht, dass das Tier es jemandem verraten würde.

Wir liefen in die Praxis und sie sah sich um. Wir drei – ich, Kemp und Poe – hatten uns während des Studiums kennengelernt und schon früh beschlossen, dass wir gemeinsam praktizieren würden und hatten vor zwei Jahren die Praxis eröffnet. Wir hatten das Gebäude und die Praxis von einer Frau gekauft, die in Rente hatte gehen wollen. Wir arbeiteten nicht nur zusammen, sondern wir würden auch gemeinsam Anspruch auf eine Frau erheben. Bis Parker nach Raines zurückgekehrt war, hatten wir allerdings nicht gewusst, wer das sein würde.

Jetzt wussten wir es. Ich war mir nicht sicher, wie ihr die Idee, von drei Kerlen erobert zu werden, gefallen würde. Mein ältester Bruder Landon – dessen Spitzname Duke war, obwohl das unser aller Nachname war – und Jed Cassidy führten eine Beziehung mit der Stadtbibliothekarin, was für Aufregung hätte sorgen sollen. Es war zwar nicht so, als würden sie sich einen Scheiß dafür interessieren, was die Leute dachten, aber Kaitlyn wollte ihren Job nicht wegen ein paar engstirniger Stadtmenschen verlieren. Aber direkt nachdem die beiden unterm Pantoffel gelandet waren, hatten sich Tucker und Colton Ridge in Ava verliebt, sie sogar gebeten, sie zu heiraten. Niemanden in der Stadt schien das wirklich zu interessieren. Meinen Eltern war es egal. Zum Teufel, sie waren begeistert von der Aussicht auf Enkel.

Ich dachte nicht über Kinder mit Parker nach...ich musste zuerst wieder in sie gelangen, aber nach der Reaktion der Stadt auf die Beziehungen meiner Brüder zu urteilen, könnte sie – hoffentlich – nach wie vor Sheriff und mit drei Männern zusammen sein, ohne dass jemand deswegen durchdrehte. Aber ihr Job hing von Stimmen ab – falls ihr Name auf dem Wahlzettel stand – also mussten wir ihr Image im Hinterkopf behalten. In diesem Moment jedoch, in dem ich sie anstarrte, ging es die Stadt einen Dreck an, was ich mit Parker tun wollte und niemand würde mich aufhalten.

„Ein bisschen", stimmte sie lächelnd zu.

Ich starrte sie einen Augenblick verwirrt an, da ich vergessen hatte, worüber wir gerade geredet hatten. Richtig, darüber, dass sie Perry die Arschgeige von der Ranch abgeholt hatte.

„Geh mit mir Abendessen", sagte ich, ich hatte genug gewartet. Dass sie vor mir stand, weckte den Wunsch in mir, sie zu packen und nie wieder gehen zu lassen. Aber ein Abendessen war gut. Klug. Zuerst reden, dann ficken. Das dachte mein Gehirn. Mein Schwanz hielt die umgekehrte Reihenfolge für besser. Jetzt ficken, später essen.

Sie erstarrte, drehte sich um und sah zu mir hoch, ihr Mund hing auf, als ob sie – hoffentlich – Ja sagen würde.

„Kein Chip", rief Kemp, der gerade aus einem der Untersuchungszimmer lief, nicht ahnend, dass er mir gerade die Tour vermasselt hatte. Und sich auch, um genau zu sein. Die Hündin lief direkt neben ihm, die Zunge hing heraus, als ob sie lächelte. „Ich habe einen Test gemacht und sie hat auch keine Würmer. Bis auf die Tatsache, dass jemand sie irgendwo im Nirgendwo ausgesetzt hat, scheint es ihr gut zu gehen. Freundlicher Charakter. Sie ist leicht dehydriert und wahrscheinlich könnte sie eine gute Mahlzeit vertragen – "

„Sie hat mein Sandwich im SUV gefressen", warf Parker ein.

Kemp lächelte. Oh, dieses Lächeln hatte in der Vergangenheit viele Frauen um ihr Höschen gebracht. Ich musste hoffen, dass es Parkers zumindest feuchter machte.

„Dann hast du bestimmt Hunger. Komm, iss mit uns", bot ich an. „Die Tierarzthelferin macht gerade Pause und wir sind im Hinterzimmer."

Sie sah hinab auf das Funkgerät an ihrer Hüfte. Da es schwieg, war es nicht so, als müsste sie gleich wieder los. „Ich könnte etwas zu Essen vertragen. Danke."

Das war nicht die Verabredung zum Abendessen, die ich im Sinn gehabt hatte, aber es fand sofort statt und das war sogar fast noch besser, weil ich noch nicht bereit war, sie gehen zu lassen. Und sie würde Kemp und Poe kennenlernen.

Kemp führte uns durch den Flur und ich beobachtete Parker, die die Gelegenheit nutzte, um Kemps Hinterteil zu bewundern. Ich hätte angepisst sein sollen, dass sie einen anderen Kerl abcheckte, aber für mich war das in Ordnung. Zumindest weil sie es bei Kemp tat. Ich hoffte, dass Parker so kinky war wie ich. Ihr Interesse an mir *und* Kemp zu sehen, machte mir Hoffnung.

Die Hündin trottete neben Parker her, überglücklich, dass sie Zeit mit ihr verbringen durfte. Kluges Mädchen.

„Wir haben einen Gast zum Mittagessen", verkündete Kemp, als er in die Küche trat. Parker stoppte direkt im Türrahmen, als sie Poe sah. Sie hatte eindeutig keinen dritten Mann erwartet.

Poe erhob sich und ich beobachtete, wie sie den Kopf

zurücklegte, um ihm in die Augen sehen zu können. Mit seinen eins fünfundneunzig war er der Größte von uns.

Ich hörte sie atemlos flüstern. „Oh Scheiße." Sie wandte sich mir zu, leicht verblüfft und ganz wuschig. „Was ist hier nur im Wasser?"

Ich gluckste, legte meine Hand auf ihre Schulter und stupste sie in die Küche. Unser unberührtes Mittagessen – Plastikbehälter mit Resten, eine Papiertüte mit Sandwiches, Chips und Getränken – war auf dem Tisch ausgebreitet.

Poe wischte sich die großen Hände an seiner Jeans ab. „Hi." Seine Stimme war tief, womit er mühelos andere einschüchtern konnte, aber das Lächeln, das er Parker schenkte, ließ ihn hoffentlich weniger Angst einflößend wirken. Parker war jedoch nicht so schnell zu erschrecken und sie erwiderte das Lächeln. „Ich bin Poe. Der dritte Tierarzt hier."

„Wie Edgar Allen?", fragte sie und legte den Kopf schief.

Poe grinste. „Meine Mutter mochte dunkle Poesie."

„Ich bin Parker."

Poe sah mit großen Augen zu mir, anschließend betrachtete er sie mit einer anderen Art von Neugierde, einer sehr offenkundigen. „*Die* Parker?"

Parker warf mir über ihre Schulter einen Blick zu. „Wie viel teilst du diesen zweien mit?"

„Wenn es um dich geht? Dann werde ich *alles* mit Kemp und Poe teilen."

3

ARKER

Oh. Mein. Gott.

Dann werde ich alles mit Kemp und Poe teilen.

Bedeutete das...taten sie? Oh, Scheiße. Alle drei starrten mich an.

So wie wir vier gemeinsam im Zimmer standen, fühlte es sich klein an, als gäbe es kaum Sauerstoff. Aber es lag viel eher an der Tatsache, dass sie einfach viel zu umwerfend aussahen, die mich praktisch hyperventilieren ließ. Meine Brustwarzen wurden hart und ich fragte mich, wie es wohl sein würde, wenn sie mich nackt ausziehen und...tun würden, was auch immer sie wollten.

In dem Fall hätte ich nicht nur einen Alpha Mann in Gus, denn es stand außer Frage, dass Kemp und Poe genauso intensiv sein würden. Potent. Meine Pussy zog sich bei dem Gedanken zusammen.

Drei heiße Männer, die mich alle beäugten, als wäre ich das Mittagessen anstatt dem, was auf dem Tisch lag.

Was genau hatte Gus mit diesen Worten gemeint?

Gus trat nach vorne und zog einen Stuhl raus, aber ignorierte mein Starren aus geweiteten Augen. „Setz dich."

Das tat ich und die Männer zogen ihr Essen hervor und verteilten es auf dem Tisch, sodass dieser beinahe einem kleinen Buffet glich. Gus deutete. „Es gibt Reste einer Lasagne, ein Truthahnsandwich mit Avocado, ähm...etwas Grünes, das Poe mitgebracht hat – "

„Kohlsalat." Er riss Gus den Behälter aus den Händen, als würde es sich nicht um ein bitteres, gesundes Essen, sondern um ein süßes Dessert handeln.

„Und Reste eines Schokoladenkuchens", beendete Gus seine Aufzählung. „Allerdings aus dem Laden, weil meine Eltern im Urlaub sind."

Oh ja, da war ein köstliches Stück Kuchen und mir lief das Wasser im Mund zusammen.

„Zuerst musst du aber dein Gemüse essen", grinste Poe und wedelte mit seinem Salatbehälter herum. „Das lässt dich groß und stark werden."

Sein Blick glitt auf begehrliche Weise über mich, wobei er wahrscheinlich erkannte, dass ich bereits groß und stark war.

Er hatte Haare, die so schwarz waren wie die Nacht und sich ganz leicht lockten. Blaue Augen, die hell und strahlend waren. Ganz und gar ein schwarzer Ire, was bei mir so einiges in Wallungen brachte. Verrückt, da Gus mit seinem Bart und offenem Lächeln hinreißend aussah. Genauso wie Kemp, der ein heller Typ war und einen sanften Eindruck machte.

Oh Scheiße, ich steckte in großen Schwierigkeiten,

wenn ich drei Männern hinterherschmachtete. Drei Freunden. Kollegen.

„Das Sandwich sieht lecker aus", antwortete ich, blieb neutral. „Dankeschön."

Kemp nahm eine der Hälften und legte sie auf eine Papierserviette und schob sie über den Tisch zu mir.

„Also, erzähl uns von dir, wie du Sheriff geworden bist", bat mich Poe.

Ich blickte in seine hellen Augen und sah, dass er interessiert war und es wirklich wissen wollte. Er war keiner dieser Kerle, die mich herablassend behandelten. *Was macht ein Mädel wie du mit einer großen Pistole? Bist du lesbisch oder so?*

„Du willst, dass ich die letzten zehn Jahre wiedergebe?", fragte ich.

Er zuckte mit den Achseln. „Erzähl uns alles, was du willst."

Ich schluckte. In der Position des Sheriffs war ich diejenige, die Fragen stellte, die Befragungen durchführte. „Nun, Gus ging nach Minnesota aufs College, ich nach Vermont. Dartmouth. Von dort ging ich auf die Uni, um Jura zu studieren. Ich wollte schon immer Anwältin werden."

„Daran kann ich mich noch erinnern", erwiderte Gus. „Und ich wollte schon immer Tierarzt werden. Deswegen sind wir getrennte Wege gegangen. Wir waren beide ehrgeizig. Wir hatten große Pläne, nicht wahr, Elfe?"

Das hatten wir. Und jetzt, da ich wieder vor Gus saß, realisierte ich, wie dankbar ich ihm war. Er hatte gewollt, dass ich meine Ziele verfolgte und hatte mich nicht zurückgehalten. Wir hatten *uns* aufgegeben für...nun, uns.

„Ja. Und jetzt schau uns an."

„Ja, aber das erklärt nicht den Sheriff Teil", meinte Poe.

Anscheinend war das der Teil, der ihn wirklich interessierte.

„Im Osten war ich die Assistentin eines Staatsanwalts. Man wünschte sich eine engere Zusammenarbeit mit der Polizei...der neue Polizeidirektor hielt es für ratsam, wenn jemand aus dem Büro der Staatsanwaltschaft eng mit den Cops zusammenarbeitete. Sicherstellte, dass das Vorgehen akkurat war, damit Fälle nicht platzten, weil bestimmte Regeln nicht eingehalten wurden."

„Das macht Sinn", merkte Gus an.

Ich nickte. „Das tat es. Mein Boss war wirklich glücklich darüber. Die Polizei wollte, dass die Staatsanwaltschaft sie besser verstand. Also boten sie an, einen von uns auf die Polizeiakademie zu schicken. Das war ich. Um es kurz machen, ich versuchte, nach Raines zurückzuziehen wegen meiner Mom – ihr geht's gut, aber sie hat jetzt Diabetes und ich fand, ich war zu weit weg für den Fall, dass etwas schief laufen sollte – und ich bin mir sicher, sie hat mit deiner Mutter oder jemand anderem im Stadtrat gesprochen und die riefen mich dann wegen der Stelle an."

Gus grinste. „Ja, ich habe keinerlei Zweifel daran, dass das Mom-Netzwerk dabei geholfen hat, deinen Namen auf die Auswahlliste zu setzen. Aber dein Lebenslauf hat dir den Job gesichert."

Nicht einmal der größte Depp würde einen Sheriff anstellen, der nicht qualifiziert war.

„Ich bin mehr Anwältin als Gesetzeshüterin. Deswegen gehe ich auch nicht allein auf Einsätze. Einer der Deputies begleitet mich immer. Diese Bedingung habe ich an meine Anstellung geknüpft."

Poe gab ein Grunzen von sich, als wäre er entweder zufrieden über die Antwort oder hasste sie und wollte es nicht sagen.

„Was ist mit dir?", fragte ich ihn, während ich von dem Sandwich abbiss, erpicht darauf, die Aufmerksamkeit von mir zu lenken. Ich würde viel lieber hören, warum er so grüblerisch und...nun, leicht grummelig war. Diese hellen Augen faszinierten mich.

„Ich? Lass uns über Gus reden. Ich hörte, du warst seine Erste." Poe spießte seinen Salat auf, als würde er eine Bemerkung über das Wetter machen und nicht über die erste sexuelle Erfahrung seines Kollegen. Mit mir.

Ich hatte das Sandwich gerade für einen zweiten Biss zu meinem Mund geführt und erstarrte auf halbem Weg, warf Gus einen Blick zu. „Meine Güte. Du hast es ihnen erzählt?"

Er schnappte sich den Behälter mit der Lasagne und stellte ihn in die Mikrowelle. Anschließend lehnte er seine Hüfte gegen die Theke. „Zum Teufel, ja."

„Zum Teufel, ja?", wiederholte ich.

„Ich war begeistert zu hören, dass du wieder in der Stadt bist."

„Also hast du ihnen erzählt, dass wir Sex hatten", stellte ich klar. „Das ist ein ziemlich großer Sprung vom einen zum anderen."

Sein Mundwinkel hob sich. Ich konnte mich noch an diese Mimik erinnern, wie sie mich dazu gebracht hatte, auf seinen Schoß zu klettern und ihn zu küssen. Und dann mehr zu tun. Er hatte es geliebt, sich nach vorne zu beugen und an meinen Brustwarzen zu saugen, bis ich mich wand. Erst dann erlaubte er mir, dass ich mich auf ihn senkte und wie ein Cowgirl ritt.

„Ich habe ihnen erzählt, dass ich wieder Sex mit dir haben möchte."

Die Mikrowelle piepste und er wandte den Blick ab, um das Essen zu holen. Der Duft von Tomatensoße und Knoblauch füllte die Luft.

Hitze sammelte sich bei seinen Worten in meinem Unterleib. Er wollte mich. Da konnte man nichts falsch interpretieren. Ich legte das Sandwich auf den Tisch. „Also erhoffst du dir, was? Eine wilde Nacht?"

„Wer hat etwas von nur einer Nacht gesagt?", fragte er und setzte sich mit seinem aufgewärmten Essen wieder an den Tisch. Unsere Knie stießen unter dem Tisch aneinander.

Ich starrte Gus an. Wartete. Versuchte mein rasendes Herz zu beruhigen, weil ich absolut für Sex mit ihm war.

Er warf mir einen Blick zu, nahm sich eine Gabel von der Tischmitte, wo ein kleiner Besteckkasten stand. „Ich liebte dich, Elfe. Das habe ich schon immer. Keine Frau, konnte dir jemals das Wasser reichen oder dem, was wir miteinander hatten. Ich schätze, ich habe einfach gewartet."

Heilige. Scheiße. Er liebte mich?

„Du...du weißt gar nichts über mich", wand ich ein. Ich war wahnsinnig nervös und ein bisschen aufgeregt. Es war etwas verrückt dieses Gespräch vor Kemp und Poe zu führen, aber sie schienen Gefallen daran zu finden, uns zu beobachten. Poe aß unterdessen seinen Salat. Kemp grinste nur.

„Du hast uns gerade eine ganze Menge erzählt." Gus beugte sich nach vorne. „Ich weiß mehr über dich als die meisten Leute."

Würde ich jemals aufhören, rot anzulaufen? Würde ich jemals aufhören, mich daran zu erinnern, wie sich seine Lippen auf meinen angefühlt hatten...und an anderen Stellen? War sein Bart so weich wie er aussah? Würde er an meinem Innenschenkel kitzeln, während er mich leckte? Gott, ich wollte, dass er das italienische Essen linksliegen ließ und sich stattdessen auf meine Pussy stürzte.

„Aber ich will mehr erfahren", fuhr er fort. „Deswegen habe ich dich um ein Abendessen gebeten."

„Und danach?", wollte ich wissen. Er hatte geflirtet. Er hatte über seinen...Unterbau geredet. Hatte nicht verheimlicht, wie erregt er war. Sex stand als Möglichkeit zur Diskussion, sogar vor Kemp und Poe.

Seine Augen sanken auf meinen Mund. „Danach will ich dich wieder anfassen. All deine erogenen Zonen finden. Sie berühren, sie lecken. Dich zum Höhepunkt bringen. Fuck, wie sehr ich das doch tun möchte."

Ich schluckte schwer, war begeistert, dass ich noch nicht viel von meinem Sandwich gegessen hatte. Meine Haut wurde warm und ich wusste, dass ich errötete.

„Es war gut zwischen uns", sprach er weiter. „Aber wir hatten kaum Zeit, herauszufinden, was uns erregte."

„Du hast mich erregt", erwiderte ich ehrlich, was ihn zum Lächeln brachte. Sein Blick rutschte wieder zu meinem Mund. Wenn ich irgendetwas anderes gesagt hätte, hätte er gewusst, dass es eine Lüge war. „Aber du hast recht, ich habe ein oder zwei Dinge darüber gelernt, was mir gefällt. Ich bin mir nicht sicher – "

„Ob was? Ich darauf stehen werde?" Er lud etwas Lasagne auf seine Gabel, schob sie sich in den Mund.

Ich warf Kemp und Poe einen Blick zu, sah deren Neugierde. Erhitzte und interessierte Blicke. Diese Art von Konversation führten sie wahrscheinlich nicht oft während eines Mittagessens im Büro.

„Nun, ja."

Er hob sein Kinn, um anzudeuten, dass ich essen sollte. Ich hob das halbe Sandwich wieder hoch, nahm noch einen Bissen. Kaute. Ich war dankbar für diesen Moment, in dem ich meine Gedanken sortieren konnte.

Was zum Teufel ging hier vor sich? In der Zeitspanne

weniger Minuten war ich Gus, Ex-Freund und Entjungferer, über den Weg gelaufen. Ich hatte seine zwei Tierarztkollegen kennengelernt, die rattenscharf waren und mehr über mich zu wissen schienen, als ich es mir jemals ausgemalt hätte. Und ich saß hier...vor zwei anderen Männern und redete darüber, wie es wäre, wenn Gus und ich wieder Sex hätten. Es wäre definitiv heiß, aber ich wusste nicht, ob das genug sein würde. Ich hegte keinerlei Zweifel daran, dass er mich jedes Mal zum Höhepunkt bringen würde. Er hatte das auch vor zehn Jahren geschafft.

Okay, nicht beim ersten Mal, weil das verdammt wehgetan hatte, aber dieser verpasste Orgasmus war seine Motivation gewesen, bei jedem Mal danach für meine Befriedigung zu sorgen. Und dem hatte er sich mit einem jungenhaften Enthusiasmus gewidmet, den ich liebenswert gefunden hatte.

Jetzt stand außer Frage, dass er mich nicht nur mit dem gleichen Elan, sondern auch mit Kenntnissen, die man nur durch Erfahrung erwarb, befriedigen würde. Eine verruchte Kombination.

Dennoch...es würde nicht ausreichen. Ich brauchte mehr. Sehnte mich danach.

Ich war Single. Es war eine Weile her, seit ich einen weltbewegenden, von einem Mann herbeigeführten Orgasmus hatte. Und Gus' Schwanz? Oh ja, ich wollte von seinem ausgewachsenen besten Stück kosten, aber ich wusste nicht, ob er mir geben konnte, was ich wollte. Ob er überhaupt auf die gleichen Sachen stand wie ich. Nur weil wir mit achtzehn zusammen gut gewesen waren, bedeutete das nicht, dass es jetzt das Gleiche – oder besser – wäre. Ich *stand* nun mal auf ein bisschen Kink. Nein, eine Menge Kink. Um dem Ganzen noch die Krone aufzusetzen, fühlte ich mich nicht nur zu Gus hingezogen. Ich warf Kemp und Poe einen Blick zu. Die beiden wollte ich auch.

„Okay, also verrate mir ein paar der Dinge, auf die du stehst", verlangte er ruhig, als würde er mich darum bitten, ihm meine Lieblingsbücher zu nennen. Meine Lieblingseissorte. Ob ich Pfefferminz- oder Gelzahnpasta mochte.

Ich schaute zwischen den drei Männern hin und her.

Kemp lehnte sich in seinem Stuhl zurück, als ob er es sich für längere Zeit gemütlich machen würde. Poe ignorierte seinen grünen Salat nun völlig und beobachtete mich.

„Wie konnte das Abliefern eines Streuners beim Tierarzt zu einem Gespräch über mein Sexleben beim Mittagessen werden?"

Ich schaute nach unten, sah besagten Hund vor meinen Füßen zusammengeringelt schlafen. Ein Kuppler-Hund? Ihr Job war erledigt und jetzt ruhte sie.

„Weil Gus eine Menge Dinge teilt, Süße", sagte Poe, stützte seine Unterarme auf den Tisch und beugte sich nach vorne. Kam mir *wirklich* nahe. „Wenn Gus es für dich nicht bringt, dann tu ich es." Er klopfte sich auf seine breite Brust und grinste. Was für ein verwegenes Grinsen. Er konnte es wie eine Waffe einsetzen. Frauen warfen ihm bestimmt reihenweise ihre Höschen hinterher, wenn er sie mit diesem Blick bedachte.

„Ich auch", fügte Kemp hinzu. „Du hast Gus' Schwanz gesehen. Er hat den Kleinsten im Raum."

„Ihr Jungs seid Arschlöcher", murrte Gus, der die Stichelei mit Humor nahm. Er hatte nichts, dessen er sich schämen müsste, so viel war sicher. Ich erinnerte mich daran, dass er so groß war, dass ich meine Hand nicht um sein Gerät hatte schließen können. Aber wenn die anderen Männer größer waren...

„Willst du uns damit sagen, dass er nicht so gut war?",

wunderte sich Poe. „Ich meine, die ersten paar Male und all das."

Gus hielt seine Hände hoch. „Hey, jetzt aber. Ich war der perfekte Gentleman. Die Lady kommt zuerst." Dafür hatte er auf jeden Fall gesorgt.

„Du sagst ja gar nichts." Kemp musterte mich, wartete. „Es war nicht gut?", bohrte er weiter, dann lachte er. „Vielleicht müssen Poe und ich Gus ein paar Tipps geben. Wir nehmen dich zwischen uns und er kann zuschauen. Lernen."

Ich sog scharf die Luft ein wegen dem, was er vorschlug.

Gus beäugte mich eindringlich, als ob meine Antwort seine gesamte sexuelle Identität beeinflussen würde. Nach all dieser Zeit schien er sehr zuversichtlich gewesen zu sein, dass er mich gut befriedigt hatte, aber jetzt...weckten seine Freunde offenkundig Zweifel in ihm.

„Babygirl, wenn du schweigst, ist das, als würdest du mit einer roten Flagge vor einem Bullen herumfuchteln", fügte Kemp hinzu.

Ich versuchte ein Lächeln zu unterdrücken, weil Gus halb erschrocken darüber aussah, dass er mich eventuell nicht ausreichend befriedigt hatte, und halb angepisst darüber, dass seine Freunde ihn absichtlich ärgerten.

„Du warst toll", sagte ich schließlich, tätschelte seine Hand und nahm mein Sandwich in die Hand, ging aber nicht auf Kemps Kommentar ein.

Gus grunzte leise zur Antwort, dann schob er sich eine Gabel Lasagne in den Mund.

Nachdem er geschluckt hatte, fragte er: „Stehst du jetzt auf Frauen?"

Ich verschluckte mich beinahe an dem Bissen Truthahn und Avocado. „Was? Woher kommt das jetzt?"

„*Du warst toll*. Toll, nicht spektakulär oder welterschütternd. Wenn ich dich nicht befriedigen kann, dann stehst du eindeutig auf Frauen", erwiderte Gus, wobei er sich mit einer Hand über den Bart fuhr.

„Oder du warst so schlecht, dass sie Schwänzen für immer abgeschworen hat und jetzt lieber auf Pussy-Jagd geht." Gott, Poe war erbarmungslos.

Ich schaute zu Gus, lachte. „Nein. Das ist es nicht."

„Also magst du Schwänze", konterte Gus.

Ich räusperte mich und natürlich schoss mir Hitze in die Wangen. „Ja."

„Und du mochtest meinen Schwanz."

„Ja."

„Gut, dann haben wir das schon mal geklärt", fuhr Gus fort. „Was noch? Du bist gerne oben. Du willst es wieder in meinem Pickup treiben. Du wirst gerne gespankt. Du willst mich Daddy nennen. Du willst, dass ich dich fessle. Dich auspeitsche. Deinen Arsch ficke. Deine Pussy lecke. Spielzeuge benutze. Dich beim Kommen beobachte. Mir einen –"

Ich streckte meine Hand aus und legte sie wieder über Gus' Mund, spürte das weiche Kitzeln seines Bartes. „Du weißt einfach nicht, wann du aufhören solltest."

Als ich meine Hand entfernte, sagte er: „Elfe, ich kann lange, lange Zeit durchhalten." Dann zwinkerte er.

Kemp streckte seine Hand aus und nahm mir das Sandwich aus der Hand. „Wenn du es nicht verrätst, gibt's kein Sandwich."

Ich musterte ihn durchdringend. „Ich bin der Sheriff und nicht einmal ich lasse Leute verhungern, damit sie mir antworten."

Poe einen Blick zuwerfend, zuckte er nur mit den Schultern. „Dann erzählst du uns besser alles."

Ich zuckte im Kopf mit den Achseln. Warum zum Teufel

nicht? Gus würde mich nicht verurteilen und ich glaubte nicht, dass es Kemp oder Poe tun würden. Im schlimmsten Fall würde Gus kein Interesse haben und nichts hätte sich geändert. Ich hatte ihn seit zehn Jahren nicht *gehabt*.

Ich wollte einen Mann, der auf die gleichen Dinge stand wie ich. Wie könnte ich das schneller herausfinden, als wenn ich es sofort klarstellte? Ich musste mich nicht nackt ausziehen und mit einem Kerl in die Kiste hüpfen, um herauszufinden, dass er bei mir nichts bewirken konnte – oder, was wahrscheinlicher war, nichts bewirken würde. Das ersparte mir eine Menge Zeit und Energie, die ich fürs Anziehen verschwenden würde.

Ich sah zwischen den dreien hin und her, die geduldig warteten. „Ich teile auch gerne."

Ein Rumpeln erklang aus Poes Brust.

Gus setzte sich aufrechter hin, seine Augen voller Überraschung, aber eifrigem Interesse. „Das heißt..."

Ich leckte über meine Lippen, schaute vom einen zum anderen. „Das heißt, ich will sehen, wessen Schwanz *wirklich* der Größte ist."

4

EMP

„Mit drei Männern bekommst du kein Vanilla", warnte ich sie.

Heilige. Verdammte. Scheiße.

Sie wollte uns alle drei. *Sie.*

Gott, schaut sie euch nur an. Glatte dunkle Haare, dunkle Augen. Ihre Haut war hell, aber hatte eine gesunde Bräune von vielen Stunden im Freien. Sie war auf subtile Weise hinreißend. Nicht aufdringlich. Zum Teufel, sie trug das Uniformhemd eines Sheriffs, was nicht viel besser war als ein Kartoffelsack, wenn es darum ging, sexy zu sein. Aber sie war es. So verdammt sexy, dass mein Schwanz innerhalb von zwei Sekunden, nachdem ich sie gesehen hatte, härter als ein Zaunpfahl geworden war.

Und sie war auch kein winziges Ding. Darüber hatte ich mir jedes Mal Sorgen gemacht, wenn ich mit einer Frau zusammen gewesen war. Ich war ein großer Kerl. Überall groß und ich hatte immer sanft sein müssen. Mit meinen Händen, meinem Körper, meinem Schwanz.

Parker allerdings war garantiert an die eins achtzig groß. Kräftig, üppig. Stark.

Gus hatte von ihr erzählt, dass sie seine Erste gewesen war, dass sie die Eine war, die's gewesen wäre. Aber jetzt war sie wieder in der Stadt. Er hatte sie auf der Ranch seiner Familie gesehen, wollte sie. Hoffte, dass wir sie alle haben könnten. Aber er hatte ihr Treffen nicht so beiläufig erwähnt, als wäre er seiner alten Viertklasslehrerin im Einkaufsladen über den Weg gelaufen. Nein, er hatte von ihr erzählt und erzählt. Ich hätte am liebsten meine Augen verdreht, weil er einfach nicht hatte aufhören wollen. Wie verflucht hübsch sie war, wie heiß es mit ihr gewesen war, dass sie jetzt sogar noch umwerfender war. All das schien etwas weithergeholt zu sein, da er nicht einmal mit ihr geredet hatte, seit sie wieder zurück war. Aber er hatte felsenfest an seiner Überzeugung festgehalten. Sein Schwanz war hart gewesen und er hatte uns verraten, wie häufig er sich einen runterholen hatte müssen, nur weil er von ihr fantasiert hatte.

Da waren eine Menge Hoffnungen involviert gewesen und ich hatte seine Besessenheit nicht für voll genommen. Es wäre einfach zu schön gewesen, eine Frau, die uns alle drei wollte. Die mit uns allen klar käme und er hatte nie gesagt, dass sie darauf stehen würde.

Dennoch war er ihr mit Haut und Haaren verfallen.

Und jetzt war ich das auch. Er hatte recht gehabt. Mit jedem verdammten Wort. Es fühlte sich an, als würde ich sie kennen, sie erkennen, obwohl ich sie noch nie zuvor gesehen hatte. Ich fühlte eine Verbindung, Verlangen. Lust. Ich brauchte Parker und das war verdammt verrückt. Vor allem weil sie uns alle wollte.

Sie starrte mich jetzt mit diesen tiefgründigen, braunen Augen an. Ich entdeckte Hitze, Nervosität ebenfalls. Die Tatsache, dass sie so mutig war, uns ihr dunkelstes, verruchtestes Verlangen anzuvertrauen, machte mich so stolz auf sie. Und ich hatte sie gerade erst kennengelernt.

„Ich verstehe. Ich will kein Vanilla", entgegnete sie mit leiser Stimme. Obwohl sie uns gerade eine große Wahrheit gestanden hatte, war sie leicht nervös geworden.

Ich legte das Sandwich, das ich ihr aus der Hand genommen hatte, auf den Tisch. „Bei uns dreien wirst du nicht das Kommando haben."

Sie hatte ihre Wünsche deutlich gemacht. Jetzt war es an uns, ihr zu erzählen, wie es sein würde. Wir wollten, dass sie genau das Gleiche wollte wie wir, also war es essentiell, dass sie sich unserer Wünsche bewusst war und denen zustimmte.

Sie schüttelte den Kopf. „Nein."

Gus streckte seine Hand aus, legte seine Finger auf ihr Kinn und zwang sie dazu, ihn anzuschauen. „Du bist der Sheriff, Elfe. Das ist eine große Verantwortung. Du willst, dass wir dich um den Verstand bringen."

„Du willst dich uns hingeben, dich unterwerfen, stimmt's?", fragte Poe.

Sie nickte und Gus ließ seine Hand sinken. „Sag es, Elfe."

Ich beobachtete, wie sie sich über die Lippen leckte, dann schluckte. „Ich will, dass ihr die Kontrolle übernehmt."

Oh Fuck. Ich wollte sie dominieren, ihr das geben. Sie alles vergessen lassen bis auf das, was wir ihr befahlen. Ihr Job musste verdammt stressig sein. Für die Sicherheit im County sorgen, sich mit dem Bürgermeister rumschlagen, dem Stadtrat, Betrunkenen, Männern, die ihre Frauen verprügelten, und Schlimmerem. Sie brauchte eine Pause, in der sie all den Stress abgeben und sich eine Weile von jemandem umsorgen lassen konnte.

Ich hatte kein Problem damit, das zu tun, diese Person für sie zu sein. Zweifellos waren Poe und Gus der gleichen Meinung. Ich konnte keine Sekunde länger warten.

„Geh zur Theke und legte deine Hände darauf", befahl ich. Auch wenn mein Tonfall tiefer war als zuvor, war er nicht harsch. Dennoch ließ er ihre Augen groß werden und ihre Pupillen weiteten sich, weil ich in meiner Rolle aufging und sie wusste, dass sich die Lage verändert hatte.

„Jetzt?", fragte sie leicht überrascht. „Hier?"

„Jetzt", antwortete Poe. Er hatte geschwiegen, beobachtet. Gewartet. Bis jetzt. Jetzt wollte er genauso mitmischen, damit sie wusste, dass wir alle an dem hier beteiligt waren. Gemeinsam.

Ich hielt praktisch die Luft an, während wir sie beobachteten. Es war offensichtlich, dass sie angestrengt nachdachte. Wirklich angestrengt. Es war eine Sache, zu sagen, dass sie uns alle wollte, dass jemand die Kontrolle übernahm. Es war etwas völlig anderes, die Kontrolle auch wirklich abzugeben.

Langsam schob sie ihren Stuhl zurück und stand auf. Fuck, sie war hinreißend. Kurvig, üppig. Groß. Sie würde wegen unserer großen Hände und unserer großen Schwänze nicht zerbrechen. Sie konnte uns aushalten. Wie es kam, dass noch niemand Anspruch auf sie erhoben hatte, war mir schleierhaft. Und dennoch war sie keine Jungfrau. Irgendein Idiot hatte sie gehen lassen, was unser Gewinn war.

Sie lief zur Theke, legte ihre Hände auf die flache Oberfläche, genau wie ich es verlangt hatte. Ihr Rücken war uns zugekehrt, weshalb sie über ihre Schulter blickte. Nervosität und Begehren im Blick. Ihre Zähne gruben sich in ihrer Unterlippe. „Das ist ein bisschen merkwürdig. Ich habe Gus seit Jahren nicht gesehen und euch zwei gerade erst kennengelernt."

Poe schob seinen Stuhl zurück, drehte ihn, sodass wir alle zu ihr schauten. Sodass wir alle einen Platz in der ersten Reihe einer sexy Show hatten.

„Da ist kein großer Unterschied zwischen genau jetzt und heute Abend", sagte ich.

Wir würden warten, kein Problem. Wenn sie sich nicht wohlfühlte oder nicht bereit war, würden wir ihr alle Zeit der Welt geben. Aber sie hatte genau das getan, was ich von ihr verlangt hatte. Sie wollte das hier, auch wenn sich ihr Kopf noch sträubte.

„Ich fühle mich, als ob einer von euch gleich eine Leibesvisitation bei mir durchführen würde oder so was."

„Nur wenn du das willst", erwiderte ich.

„Ich arbeite."

„Und wir werden das auch bald tun", ergänzte Gus. „Vertrau uns. Lass dich fallen, Elfe."

Sie holte tief Luft, stieß sie aus. Nickte.

Fuck, ja. „Im Moment will ich nur, dass du deine Jeans über deine Hüften schiebst, deinen fantastischen Hintern rausstreckst und uns deine Pussy zeigst", erzählte ich ihr. „Wir werden genau hier sitzen und zuschauen."

Ihr klappte die Kinnlade runter, aber sie sah nicht aus, als würde sie durch den Raum laufen und mich schlagen, oder schlimmer, ihren Taser an mir einsetzen wollen. Nein, die Röte auf ihren Wangen vertiefte sich sogar noch und sie biss sich auf die Lippe. Die Rädchen in ihrem Kopf ratterten. Schnell. Aber sie war erregt. Interessiert. Willig.

„Ich dachte, ihr würdet mir zeigen, wer von euch den größten Schwanz hat."

„Später", versprach Gus. Er beschrieb einen kleinen Kreis mit seinem Finger als stummen Befehl, sich umzudrehen.

Wir warteten. Gus hatte sich kaum bewegt, seit sie aufgestanden war. Er war eindeutig verblüfft über die Entwicklung der Geschehnisse. Er hatte gehofft, dass sie auf uns drei stehen würde, aber wahrscheinlich erwartet, dass er sie überzeugen, sie sogar umwerben, sie zu der Idee überreden würde müssen.

Es war kein Überreden nötig gewesen. Oh nein.

Sie selbst wäre vielleicht nicht so forsch gewesen, aber das bedeutete nicht, dass sie nicht wollte, dass ihr drei Männer zusahen. Da ich ihr gesagt hatte, was sie tun sollte, es sogar befohlen hatte, hatte ihr das den Druck von den Schultern genommen. Ich *brachte* sie dazu, uns ihre Pussy zu zeigen, wodurch es für sie in Ordnung war. Sie unterwarf sich meinen Worten, tat, was ich wollte, was wiederum ihr genau das gab, was sie brauchte.

Sie wandte sich ein weiteres Mal ab, öffnete den Gürtel an ihrer Jeans und schob sie ihre Beine hinunter bis zur Mitte ihrer Schenkel. Es war nur ein schmaler Streifen sahnigweißer Haut zu sehen, weil der Saum ihres Hemdes über ihren Hintern fiel. Da ihr Waffengürtel eng um ihre Taille fixiert war, beladen mit ihrer Pistole, Taser, Handschellen und anderen Dingen, konnte sie es nicht nach oben ziehen. Dennoch sorgte die Tatsache, dass sie getan hatte, was ich verlangt hatte, dafür, dass Lusttropfen aus meinem Schwanz tropften. Ich rutschte auf meinem Stuhl herum in dem Versuch, eine bequemere Position zu finden.

Parker war unterwürfig. Eine Exhibitionistin, zumindest zu einem gewissen Maß. Sie hatte sich uns präsentiert, aber niemandem sonst. Sie war nicht schüchtern. War nicht ängstlich in Bezug auf ihre Sexualität. Und sie war scharf. Auf jeden von uns dreien.

„Streck deinen Arsch raus, Elfe", befahl Gus. Er rieb sich mit einer Hand über seinen Nacken, als ob er mit sich rang, nicht zu ihr zu gehen und ihre Hüften nach hinten zu ziehen. Seine Jeans zu öffnen, seinen Schwanz rauszuholen und sie zu ficken.

Ich kannte das Gefühl.

Sich auf ihre Unterarme senkend, beugte sich Parker nach vorne, wodurch ihr Hemd nach oben rutschte und ihr Hintern entblößt wurde, der allerdings noch von ihrem pinken Seidenhöschen verdeckt wurde. Im Schritt war es dunkler, feucht von ihrer Erregung und der Stoff klebte an ihren Schamlippen.

„Oh Scheiße", flüsterte Gus und aus dem Augenwinkel – auf keinen Fall würde ich den Blick von Parker abwenden – sah ich, dass er seinen Schwanz in der Jeans verlagerte.

Sie schaute nicht zu uns, sondern direkt auf die Wand vor sich.

Er sprang auf die Füße, rückte näher. Sie sah überrascht zu ihm hoch, aber behielt ihre Position bei.

„Dir gefällt es, wenn dich drei Männer anschauen", stellte er fest. Als wäre es ansonsten zu schmerzhaft, öffnete er seine Jeans, griff hinein und zog seinen Schwanz heraus. Er war steinhart und Lusttropfen quollen aus dem Schlitz. Als Parker sich über die Lippen leckte, wusste ich, dass ihr sein offenkundiges Verlangen nach ihr nicht entgangen war.

Gus' Kiefer verspannte sich, als er seine Länge streichelte, zuerst langsam, dann schneller.

„Die Seide ist tropfnass. Wir können jeden Millimeter deiner Schamlippen sehen, wie hart deine Klit ist."

Er streckte seine Hand aus, strich mit einem Finger über

den Schritt ihres Höschens. Ihre Hüften zuckten, aber sie blieb an Ort und Stelle. Sie keuchte und ich stöhnte.

„Fuck, ich werde kommen, nur weil ich das kleine Muttermal wiedersehe. Ich will mich zwischen deine Schenkel schieben und es küssen." Er atmete tief ein, während er seinen Schwanz bearbeitete. „Fuck, ich kann deine Pussy von hier riechen, ganz heiß und süß."

„Gus", stöhnte sie, wackelte mit den Hüften, wollte, dass er mehr tat. Fuck ja.

Das war alles, was es brauchte, und Gus kam mit einem Knurren. „Fuck, Elfe."

Sein Sperma spritze aus ihm und er positionierte sich so, dass es auf ihrem rausgestreckten Arsch landete, ihr Höschen überzog.

Sie sah wieder zu ihm hoch, jetzt mit glasigen Augen, geröteten Wangen. „Wirst du mich jetzt ficken?"

„Das willst du, nicht wahr?", fragte er, während er auch die letzten Tropfen Sperma aus seinen Hoden pumpte. „Vor Poe und Kemp gefickt werden? Ihnen zeigen, wie bedürftig deine Pussy ist?"

Sie nickte. Oh Scheiße, sie war so verdammt perfekt. Rausgestreckter Arsch, Gus' Sperma in Streifen darüber, durchweichtes Höschen, unter dem sich ihre Schamlippen abzeichneten. Ich würde in meiner Jeans kommen.

„Geht nicht, Elfe. Wir haben keine Zeit für das, was wir mit dir tun wollen. Bei drei Männern, die dich ficken wollen, reicht ein Quickie zum Mittagessen nicht. Wir müssen alle wieder an die Arbeit. Außerdem haben wir keine Kondome."

Sie wimmerte, wackelte nochmal mit den Hüften, als würde das ihrer Klit Erleichterung verschaffen.

Ich hatte meine Hand über meiner Jeans auf meinen Schwanz gelegt, rieb ihn, versuchte, den Schmerz zu lindern, aber ich wusste, er würde nicht verschwinden, bis ich bis zu den Eiern in dieser heißen Pussy steckte.

„Zieh dieses nasse Höschen aus", fügte er hinzu. „Zeig uns, wie feucht du für uns drei bist. Dann wirst du deine Klit verwöhnen und wir werden dir beim Kommen zuschauen."

Sie bewegte sich voller Elan, sich zum Höhepunkt zu bringen, und begann, das winzige Stoffstückchen von ihren Hüften zu schieben, dann weiter nach unten. Wegen ihrer klebrigen Erregung haftete die Seide an ihrer Pussy. Bevor wir mehr als ihren bleichen, nach oben gereckten Arsch sehen konnten, piepte das Funkgerät an ihrer Hüfte einmal, dann noch einmal und eine Stimme aus der Leitstelle beendete unsere kleine Show. Sie hatte einen neuen Auftrag und das nicht von uns dreien.

Fuck.

5

 OE

„War ja klar", grummelte ich, während ich an der Arbeitsplatte des kleinen Labors, das sich zwischen den Behandlungszimmern befand, lehnte. Ich hatte gerade einen Termin mit einem Deutschen Schäferhund mit leichter Hüftdysplasie beendet. Kemp untersuchte ein Testplättchen unter dem Mikroskop auf Würmer. Gus hatte eine kurze Pause zwischen zwei Terminen und trank gerade eine Tasse Kaffee. „Die Frau meiner Träume, diejenige, die gesagt hat, dass sie uns alle drei will, diejenige, auf die du deine Ladung gespritzt hast, die uns *fast* ihre Pussy gezeigt hat, ist ein verfluchter Cop."

Kemp warf mir einen Blick zu und grinste. „Und? Was hat das damit zu tun, dass sie total auf uns alle abfährt und jederzeit Handschellen zur Verfügung hat?"

Das war definitiv ein Vorteil, aber nicht der Punkt. „Es stört dich doch wohl nicht, dass sie über die Theke gebeugt war, uns ihr feuchtes Höschen gezeigt hat, davon angetörnt wurde, dass Gus auf ihr gekommen ist, und dann zu einem Einsatz musste?"

Sie starrten mich mit einem Blick an, den ich kannte. Sie hielten mich für verrückt.

„Sie ist der Sheriff. Sie wird bei Notfällen gerufen", erwiderte Gus. „Es ist ja nicht so, als hätte sie geplant, uns zu reizen, indem sie uns ihre Pussy zeigt und dann aus der Tür rennt. Sie war selbst erregt ohne Ende."

Das war in der Tat eine wirklich fiese geile Vorstellung – zu wissen, dass sie irgendwo dort draußen war, angetörnt bis zum Gehtnichtmehr und mit Gus' Sperma auf ihrem Höschen. Meine Eier schmerzten deswegen. Das war es allerdings nicht. Sie kapierten es noch immer nicht.

„Ja, aber Menschen sind Idioten. *Gefährliche* Idioten. Mir ist egal, ob das ihr Job ist. Das bedeutet nicht, dass es mir gefallen muss", erklärte ich ihm.

Gus durchbohrte mich mit einem ernsten Blick. „Sie wird sich nicht um deine Vergangenheit scheren. Wenn es das ist, was dir Bauchschmerzen bereitet."

Ich winkte seine Worte ab. „Dass sie sich um meinen Aufenthalt im Jugendgefängnis schert? Das ist nicht mein Problem."

„Was regt dich dann so auf?", fragte Kemp, der am Scharfstellungsrädchen drehte und durch das Mikroskop schaute.

„Sie sollte nicht dort draußen sein und sich mit dem Abschaum der Gesellschaft rumschlagen." Ich hob meinen Arm, fuchtelte damit durch die Luft. „Ich kenne ihn. Ich gehörte auch mal dazu."

„Das tatst du nicht", widersprach Kemp. „Du hast deine Mom vor den Misshandlungen deines Vaters gerettet. Du hast sie verteidigt. Du hast das Richtige getan."

Ich fuhr mir mit der Hand durch die Haare. Ich brauchte einen Haarschnitt, aber das stand nicht gerade an erster Stelle meiner Prioritätenliste. Vielleicht würde ich mir diesen Winter einen Bart wachsen lassen wie Gus. Weniger Arbeit, als wenn ich mich jeden verdammten Tag rasieren musste, aber ich fragte mich, ob das etwas war, das Parker gefallen würde. „Trotzdem, sie muss diesen Scheiß nicht sehen, ganz zu schweigen davon, sich damit auseinandersetzen. Sie könnte verletzt werden."

Kemp und Gus hatten einen verflucht großen Beschützerinstinkt, kümmerten sich um das, was ihnen gehörte. *Wer* zu ihnen gehörte. Insbesondere Frauen. Sicher, es hatte ihnen nicht gefallen, dass sie uns *fast* ihre rosa, feuchte Pussy gezeigt hatte und dann ihre Jeans hochgezogen hatte und aus der Tür gerannt war, die streunende Hündin dicht auf den Fersen. Aber warum es sie nicht störte, dass Parker uns wegen einem häuslichen Streit hatte verlassen müssen, war mir schleierhaft. Nun, vielleicht war es das nicht.

Unter absolut keinen Umständen würde Mr. Duke jemals seine Hand in Wut gegen seine Frau erheben. Er trug diese Frau auf Händen und er hatte seine drei Söhne, Gus, Tucker und Duke, dazu erzogen, sich nicht nur wie Gentlemen zu verhalten, sondern auch zu tun, was richtig war. Beschützen. Ich hatte keine Ahnung, wie ihre kleine Schwester Julia jemals einen Mann finden sollte, während ihre drei älteren Brüder auf sie aufpassten.

Was Kemp anging, so hatte ich seine Eltern nur einmal getroffen, weil sie in Minnesota wohnten. Sein Dad würde so einen Mist allerdings genauso wenig zulassen.

Aber ich war mit einem Dad aufgewachsen, der ein Mistkerl gewesen war. Gemein. Grausam. Und ich hatte ihn deswegen ermordet. Aber das Wissen, dass Parker losgezogen war – als Teil ihres Jobs – um jemanden zu konfrontieren, der möglicherweise genauso abgefuckt war wie mein Dad, machte mich ruhelos, weckte den Wunsch in mir, ihr hinterherzujagen, mich selbst um das Problem zu kümmern.

„Sie geht nicht allein in solche beschissenen Situationen. Sie hat Unterstützung", sagte Gus. „Schau, ich bin auch nicht gerade begeistert davon, aber es ist ihr Job, das, was sie tun möchte. Sie ist klug. Sie ist ausgebildet. Du wirst dich damit abfinden müssen, zumindest bis zum Wahltag. Im Moment heißt es noch Hogan versus Beirstad."

„Ja, Beirstad. Was für ein Arsch. Ist nicht sein Bruder derjenige, der Kaitlyn so übel mitgespielt hat?"

„Genau der", bestätigte Gus. Ich hatte von dem Streit im Cassidys gehört und dass er Kaitlyn jetzt in Ruhe ließ. Dadurch war er trotzdem kein kleineres Arschloch. Ich wusste nicht viel über den Kerl, aber sein Bruder Mark war genauso schlimm, nach dem zu urteilen, was ich gehört hatte.

„Der Stadtrat hielt sie für qualifiziert und sie scheint einen guten Job zu machen."

Er hatte recht, aber das bedeutete nicht, dass mir irgendetwas davon gefallen musste. Sollten sich doch Hogan oder Beirstad um die Methsüchtigen und prügelnden Ehemänner kümmern. Raines war eine friedliche Stadt, aber das hieß nicht, dass alles eitel Sonnenschein war. „Warum kann sie nicht einen Job wie Kaitlyn haben? Die einzige Gefahr, die ihr in der Bücherei droht, ist eine Papierschnittwunde."

Warum konnte mein Schwanz nicht für eine Frau hart werden, die einen sicheren Beruf ausübte? Warum hatte mich ein Blick auf Parker für alle anderen Frauen ruiniert? Und das war sogar passiert, bevor sie sich Kemp unterworfen und bereit gewesen war, uns ihre Pussy zu zeigen.

Uns angefleht hatte, sie in der Büroküche zu vögeln. FUCK!

„Ich zweifle nicht an Parkers Qualifikationen, Sheriff zu sein, oder dass sie nicht selbst auf sich achtgeben kann, aber wie ich schon sagte, bedeutet das nicht, dass ich es mögen muss."

Gus zuckte mit den Achseln und konnte ein Schmunzeln nicht unterdrücken. Er hatte uns von Parker Drew und ihrer Rückkehr in die Stadt erzählt. Seine Mom saß im Stadtrat und war eine von denen, die dafür gestimmt hatten, sie einzustellen. Also bestand kein Zweifel, dass sie diese kleine Bombe vor ihm hatte platzen lassen, da sie wollte, dass all ihre Kinder glücklich verheiratet waren – und zumindest übten, ihr ein paar Enkelkinder zu schenken. Vielleicht hoffte Mrs. Duke auf eine kleine "zweite Chance"-Romanze.

Zweite Chance Sex, definitiv. Nach dem Mittagessen heute, hoffentlich bald.

Parker – in ihrer Funktion als Sheriff – hatte zur Duke Ranch gehen und sich eines Losers annehmen müssen und Gus hatte sie gesehen, sie gewollt. Beschlossen, dass sie die Eine für uns drei wäre. Gehofft, wir würden zustimmen.

Abso-fucking-lut. Sie sollte die Eine für uns sein. Wie groß waren schon die Chancen, dass sich eine Frau auf drei Männer einlassen wollte? Kaitlyn und Ava hatten beschlossen, es jeweils mit zwei Männern aufzunehmen, aber drei? Die Hoffnungen, eine Frau zu finden, die gewillt war, das zu tun, waren verschwindend gering. Das heißt, bis Parker in die Büroküche marschiert war. In jenem Moment hatte ich mir geschworen, dass ich alles tun würde, um sie zu überzeugen, dass sie uns wollte.

Sie war Die Eine. Keine Frage.

Und dann hatte sie alles mit den Worten *Ich will sehen,*

welcher Schwanz wirklich der Größte ist verändert. Diese Aussage konnte man einfach nicht falsch interpretieren. Sie *wollte* mit uns dreien zusammen sein.

Ich verlagerte meinen Schwanz in dem Versuch, eine Möglichkeit zu finden, ihn vor einem Reißverschlussabdruck zu bewahren.

Und dann war sie sogar noch weiter gegangen, indem sie sich Kemp unterworfen hatte. Fuck, ich war hart gewesen, seit ich ihren perfekten Arsch gesehen hatte, seit ich beobachtet hatte, wie sie voller Verlangen mit ihren Hüften gewackelt hatte, seit ich den dunklen Fleck auf ihrem Höschen hatte größer werden sehen, als Gus ihr schmutzige Dinge gesagt hatte. Ich war definitiv ein Arsch-Typ. Ich hatte mir vorgestellt, diese breiten Hüften zu packen, während ich sie von hinten fickte. Oder pinke Handabdrücke dort zu sehen, wo ich sie gespankt hatte, damit sie ihren verrückten Tag vergaß. Oder diese prallen Pobacken auseinanderzuziehen und in diesen engen Arsch einzudringen. Sie weit zu dehnen und tief zu nehmen. So blieben noch zwei andere Löcher für Gus und Kemp.

Seit dem Mittagessen, seit Parker diesen beschissenen Funkspruch bekommen, ihre Hose hochgezogen hatte und gegangen war, konnten die zwei nicht aufhören zu grinsen. Ich konnte Gus verstehen, da er sich schließlich auf ihrem Arsch ergossen hatte, aber Kemp sollte eigentlich einen ernsten Fall dicker Eier haben. Ich hatte welche. Und allein die Vorstellung, dass wir drei sie gleichzeitig für uns beanspruchten? Ich hatte mich dazu gezwungen, meinen Schwanz unter Kontrolle zu bringen, während ich arbeitete, und hatte versucht, nicht an das Paradies zu denken, das sie uns beinahe gezeigt hätte. Das lief nicht so gut.

„Eine umwerfende Frau kommt heute Abend vorbei, um dort weiterzumachen, wo wir aufgehört haben, höchstwahrscheinlich um uns alle drei zu vögeln und du murrst und meckerst wie ein alter, miesepetriger Mann", sagte Kemp, während er das Plättchen in den Glasmüll warf, seine Gummihandschuhe abstreifte und seine Hände im Waschbecken wusch.

Ich merkte bei seinen Worten auf. „Sie kommt vorbei?"

„Hast du in letzter Zeit nicht auf dein Handy geschaut?", erkundigte sich Gus, der seines aus der Gesäßtasche seiner Jeans zog und damit vor mir herumwedelte. „Ich hab ihre Handynummer bekommen, erinnerst du dich?"

„Ich hatte mit Mr. Braccos alter Katze zu tun, gefolgt von Charlie dem Schäferhund, dann einem Papagei, der einen Zehennagel verloren hat", erwiderte ich, um meinen turbulenten Nachmittag zusammenzufassen und als Erklärung dafür, dass ich völlig vergessen hatte, dass er sich ihre Nummer hatte geben lassen, bevor sie davongeeilt war.

„Ich dachte doch, ich hätte einen Vogel gehört", meinte Gus, während ich mein Handy herauszog und über das Display wischte.

GUS: *Komm nach der Arbeit vorbei. Wir werden uns um deine bedürftige Pussy kümmern.*

ICH BEMERKTE, dass er die Nachricht direkt, nachdem sie gegangen war, verschickt hatte.

PARKER: *OK*

IHRE ANTWORT WAR zu einem viel späteren Zeitpunkt

gekommen – tatsächlich vor gerade mal zehn Minuten. Ich schätzte nach dem Einsatz, wegen dem sie uns verlassen hatte. Wenigstens wusste ich jetzt, dass es ihr gut ging, Fuck sei Dank. Raines war nicht gerade bekannt für einen Haufen Verbrechen, aber schlimme Dinge konnten überall passieren.

Dann hatte sich Kemp in den Gruppenchat eingeklinkt.

Kemp: Da du dein Höschen schon fast unten hattest, ist Kleidung optional.
  Parker: Ich soll nackt kommen?

„Heilige Scheiße", fluchte ich, während ich mir vorstellte, dass sie nur in einem Trenchcoat und Fick-mich-Schuhen auftauchte.

Aus meinem Augenwinkel sah ich Gus grinsen und mit dem Kinn zu mir deuten. „Schick ihr etwas, damit sie weiß, dass wir alle das Gleiche wollen."

„Sie ist der verfickte Sheriff", konterte ich.

„Ja und wenn du deinen Kopf endlich aus dem Sand ziehst, wirst du den Sheriff die ganze Nacht lang ficken können", fügte Kemp hinzu, der sich gerade die Hände abtrocknete.

Da er nervte, aber recht hatte, hielt ich inne, dachte nach, was ich schreiben könnte.

Ich: Wir können dich zum Höhepunkt bringen, egal ob angezo-

gen, nackt, einen unserer Schwänze reitend. Sogar zwei von ihnen.

Ich drückte auf Senden und ihre Handys vibrierten. Gus schaute auf seines. „Nice." Dann tippte er so schnell es seine großen Daumen zuließen.

Mein Handy vibrierte – während der Arbeitszeit stellten wir den Klingelton aus – und ich las seinen Zusatz.

Gus: Das stimmt, Elfe. Du kannst uns alle drei zur gleichen Zeit haben, wenn du willst. Und ich verspreche, du wirst zum Höhepunkt kommen.

Ihre Antwort kam postwendend.

Parker: Ich brauche es. Sehr. Ich komme gegen sechs.

„Ich bin dran", sagte Kemp, dann tippte er.

„Ich glaube nicht, dass ich mich jemals mehr wie ein dreizehnjähriges Mädchen gefühlt habe", murrte ich und warf Gus einen Blick zu. Er grinste zur Antwort, völlig unbeeindruckt von meiner Aussage. Wir führten einen Gruppenchat mit einer Frau. Ja, wir standen so was von unterm Pantoffel. Nach ihrer perfekten Darbietung ihrer Unterwürfigkeit und so versaut wie sie war, konnte uns das kein Kerl zum Vorwurf machen.

. . .

KEMP: *Wenn wir drei uns um dich kümmern, wirst du die ganze Nacht lang kommen.*

Parker: *Nur damit ihr es wisst, es ist eure Schuld, dass ich mich in einem ruinierten Höschen mit dem Bürgermeister treffe.*

UND DAS WAR'S. Ich war erledigt. Ich konnte mir vorstellen, wie sie im Büro des Bürgermeisters saß, sich auf ihrem Stuhl wand wegen Gus' Sperma und der Tatsache, dass ihr Höschen von ihrer Erregung durchtränkt war. Ich erinnerte mich an dessen hübsche pinke Farbe, die Tatsache, dass es so feucht gewesen war, dass es durchsichtig geworden war, und das nur wegen uns. Ich drückte meine Hand in meinen Schritt, dann warf ich einen Blick auf die Uhrzeit. „In nur einer Minute erwartet mich ein Wurf Welpen für seine erste Impfung in Raum zwei. Ihr müsst mich ein paar Minuten vertreten."

„Wohin gehst du?", wollte Kemp wissen, eine Augenbraue verschwand unter seinen lockigen Haaren.

Ich deutete mit dem Kopf. „Bad. Ich muss mir einen runterholen. So kann ich nicht dort rausgehen."

Beide blickten auf die Vorderseite meiner Jeans. Mein Schwanz war vergleichbar mit einem dicken Rohr, das nach oben zu meinem Gürtel zeigte. Wenn ich mich nach vorne beugte, würde die Spitze wahrscheinlich unter dem Bund hervorlugen.

„In dem Zustand war ich vor einer Stunde." Kemp lief an mir vorbei, klopfte mir auf dem Weg auf die Schulter. „Viel Spaß. Denk an Parker und ihre tropfende Pussy."

6

ARKER

„Du siehst klasse aus", begrüßte mich Gus, als er mir die Tür öffnete.

Er hielt inne und blickte nach unten, weil die Hündin hinter mir her trottete, als ob sie auch eingeladen wäre.

„Wie ich sehe, hast du deine neue Weggefährtin noch", merkte er an, als sie sich setzte und zu ihm hochstarrte. Er tätschelte ihren Kopf und kratzte eine Stelle hinter ihrem Ohr, was sie dazu veranlasste, genießerisch die Augen zu schließen. Ich kannte das Gefühl nur allzu gut. Ich hatte es früher geliebt, Gus' Hände auf mir zu spüren.

Ich war auf merkwürdige Weise eifersüchtig auf einen Hund.

„Als ich vorhin den Funkspruch bekam, folgte sie mir zum SUV, sprang auf der Fahrerseite in den Wagen und machte es sich auf dem Beifahrersitz gemütlich. Ich konnte keine Zeit damit verschwenden, sie wieder rauszuwerfen, also kam sie mit. Pam vom Revier ist losgezogen und hat ihr Futter, ein Hundebett und ein paar Spielzeuge gekauft. Man könnte meinen, sie hat ein neues Enkelkind oder so." Ich verdrehte die Augen darüber, wie begeistert alle auf dem Revier gewesen waren, einen Hund da zu haben. „Ich hab sie hierher gebracht, um sie euch unterzujubeln. Ihre Sachen sind im SUV. Ich bin nicht wirklich ein Hundemensch."

„Sieht für mich anders aus", widersprach er, wobei er in meine Richtung blickte und *endlich* den Hund ignorierte. „Ich denke, sie gehört jetzt dir."

Ich war nicht allzu begeistert von dieser Vorstellung. „Ich arbeite Vollzeit. Habe Dinge zu erledigen. Ich weiß nichts darüber, wie man einen Hund hält."

Gus schmunzelte und steckte die Hände in seine Jeanstaschen. „Sieht so aus, als würdest du es bis jetzt ganz gut hinkriegen."

Die Nase der Hündin zuckte und sie machte sich auf die Suche nach einem Geruch, den ich nicht wahrnehmen konnte.

Ohne die Ablenkung richtete Gus seine gesamte Aufmerksamkeit auf mich, nahm sich Zeit, mich zu mustern.

Nach der Arbeit war ich nach Hause gegangen, um zu duschen und etwas leicht Attraktiveres anzuziehen als die Sheriff-Uniform und ein Waffengürtel mit einer Pistole an meiner Hüfte. Ich wollte für sie nicht der Sheriff sein. Zum Teufel, ich war das schon für alle anderen in der Stadt. Unter dieser Bezeichnung kannten mich die Leute von Raines, zumindest dieser Tage. Vielleicht erinnerten sich noch manche an mich aus Kindertagen, aber ich war jetzt Sheriff Drew. Ich wollte nur Parker sein. Nicht mehr, insbesondere für Gus, Kemp und Poe.

Ich hatte fünfzehn Minuten vor meinem Schrank gestanden und mir den Kopf zerbrochen. Ich wollte, dass sie mein wahres Ich kannten, und das schloss frische Jeans, ein rotes Flanellhemd und sexy Unterwäsche ein. Ich hatte meine Haare offengelassen und trug leichtes Makeup – Mascara, Wimperntusche und Lipgloss waren alles, was ich jemals auflegte.

Nach Gus' begehrlicher Wertschätzung zu schließen, als er mich betrachtete, schien ich gut gewählt zu haben. Sein Schwanz war wohl für mich und nur für mich hart in seiner Jeans.

Ich war so angetörnt gewesen, als ich vorhin zu dem Einsatz hatte gehen müssen. War es immer noch. Zu sagen, dass ich geil war, wäre eine Untertreibung. Kemp hätte auf keinen Fall wissen können, dass uns ein Notfall unterbrechen würde, aber es war fast schon gemein gewesen, so angetörnt zu sein und dann dazustehen und den ganzen Tag die Sehnsucht ertragen zu müssen. Ich hatte nicht gelogen, als ich ihnen geschrieben hatte, wie feucht mein Höschen war.

Obwohl er der Einzige gewesen war, der zum Schuss gekommen war, war es beruhigend zu wissen, dass Gus – wieder? Immer noch? – genauso…begierig war wie ich.

Kemp gesellte sich zu uns in den Eingangsbereich. Beide hatten gut eingetragene Jeans an, die sich oh-so-wunderbar an all die richtigen Stellen schmiegten. Knackige Hintern, muskulöse Schenkel, wahnsinnig große Schwänze. Kemp trug ein kariertes Flanellhemd, Gus ein schwarzes T-Shirt. Beide waren barfuß. Gott, sogar ihre Füße waren sexy.

„Dein Hund starrt das Aquarium an", teilte mir Kemp mit und deutete mit dem Daumen über seine Schulter, aber fixierte mich mit seinen Augen. Genauer gesagt, meine Lippen.

„Sie ist nicht mein Hund", protestierte ich.

„Ich denke, da ist sie anderer Meinung. Du solltest ihr einen Namen geben. Das wird es uns allen leichter machen."

Ich verdrehte die Augen. „Schön. Buster. Daisy. Flecki."

Kemp trat näher, strich mit seinen Fingern meinen Haaransatz entlang. Seine Aufmerksamkeit war darauf gelenkt, als er antwortete: „Wie wäre es mit Honey? Sie ist gut ausgebildet. Ein süßer Hund, aber wahrscheinlich nicht so süß wie deine Pussy. Mir läuft das Wasser im Mund zusammen, weil ich von dir kosten möchte."

Hitze wallte tief in meinem Bauch auf, aber ganz plötzlich dachte ich darüber nach, was wir gleich tun würden. Ich hatte davon fantasiert, mit mehr als einem Mann zusammen zu sein, hatte dazu masturbiert. Hatte erkannt, dass ich es brauchte. Aber es war eben nur das gewesen, eine Fantasie. Jetzt würde es wirklich geschehen.

Ich wurde nervös, Schmetterlinge flatterten in meinem Bauch umher. Meine Nervosität musste sichtbar sein, denn er fügte hinzu: „Du siehst aus wie ein wilder Mustang, der bereit ist, zu fliehen."

Gus grinste, während er die Eingangstür schloss, meine Hand nahm und mich in das riesige Wohnzimmer führte. Ich hoffte, er bemerkte nicht, dass meine Handflächen schweißnass waren. Weiße Wände, Holzverkleidung und -böden. Große Deckenlichter. Ledermöbel und ein zweistöckiger Steinkamin. Es war groß, genauso wie sie.

Kemp folgte und Poe schloss sich uns an, indem er aus einem hinteren Flur zu uns kam. Er nickte, schob seine Hände in die Taschen seiner Jeans. Gott, ich hatte vergessen, wie groß er war. Ich musste zu ihm hochschauen. *Weit.*

„Hey", sagte er, seine Stimme tief und samten. Sein intensiver Blick gab mir das Gefühl, nackt zu sein. Entblößt.

Als würde er sich gerade so zurückhalten...über mich herzufallen.

Die Hündin...Honey, saß vor einem riesigen Salzwasseraquarium. Sie drehte den Kopf, um mir einen Blick zuzuwerfen, aber war nicht sonderlich interessiert und widmete ihre Aufmerksamkeit wieder den umherschwimmenden bunten Fischen.

Sie war nicht nervös. Ich war es. *Wirklich* nervös. Das Mittagessen mit ihnen war verrückt gewesen. Wahnsinnig! Und ich hatte nicht einmal etwas gegessen, um es wirklich ein *Mittagessen* nennen zu können. Ich hatte drei Männern – von denen ich zwei noch nie zuvor getroffen hatte – nicht nur erzählt, dass ich mit ihnen schlafen wollte...gleichzeitig, sondern ich hatte mich auch noch über die Arbeitsplatte ihrer Büroküche gebeugt und ihnen meinen Po präsentiert. Und Gus...Gott, das war so heiß gewesen. Er war zu angetörnt gewesen, um seinen Schwanz in der Hose zu lassen. Mein Slip war den ganzen Tag klebrig gewesen von dem Sperma, das er über die Rückseite des pinken Stoffes gespritzt hatte.

Wenn ich nicht den Funkspruch bekommen und gehen hätte müssen, hätte ich ihnen noch mehr gezeigt. Keine Frage. Meine Finger hatten gerade meinen Slip nach unten geschoben, als wir unterbrochen worden waren. Ich war feucht gewesen und das allein wegen der Art, auf die sie mich betrachtet hatten, der Art, mit der sie mir gesagt hatten, was ich tun sollte. Die Vorstellung, dass mich drei Männer...Gott, dominierten, mich grob anpackten, mich mit fiebrigem Verlangen anfassten, sodass sich mein ständig arbeitendes Gehirn einfach abschalten konnte, hatte mich so scharf gemacht. Geil.

Ich war so angetörnt gewesen, dass ich mich auch von ihnen hätte vögeln lassen.

Ich war *so* was von nicht dieser Typ Frau. Nun, ich war es. Teilweise. Ich wollte mit Gus, Kemp *und* Poe schlafen. Wollte Kemps tiefer Stimme lauschen und tun, was er sagte. Ich wollte wieder unter Gus liegen und mich von Poe mit diesen großen Händen – und höchstwahrscheinlich ebenso großem Schwanz – verwöhnen lassen, aber ich hatte noch nie in meinem Leben nur wenige Minuten nach dem ersten Kennenlernen etwas so Verruchtes getan.

Allerdings kannte ich Gus. Erinnerte mich daran, wie es mit ihm gewesen war und wollte mehr mit ihm. Was Kemp und Poe betraf, so war es zwar irrsinnig, aber ich *wusste* es einfach. Ich hatte die Verbindung, die Leidenschaft, das Interesse und die Neugierde von Anfang an gespürt. Vertrauen war bitter notwendig und das hatte mit den Männern in meiner Vergangenheit seine Zeit gebraucht. Eine Menge Zeit. Ich brauchte immer eine lange Kennenlernphase, ehe ich jemandem erlaubte, mich zu fesseln oder auch nur verbal zu dominieren. Ich musste in der richtigen geistigen Verfassung sein und ich konnte das nicht mit irgendjemandem tun, dem ich nicht hundertprozentig vertraute.

Dass ich es mit diesen dreien tun konnte…sofort, war das, was leicht überwältigend war.

Es bedeutete etwas. *Das* hier bedeutete etwas. Etwas Großes, über das ich im Moment nicht nachdenken konnte.

Ich wusste nur, dass ich den ganzen Tag erregt gewesen war, sogar während meines Treffens mit dem Bürgermeister. Honey war mir überall auf dem Revier gefolgt und sogar mit zu dem Treffen gekommen. Es passierte nicht jeden Tag, dass ein Hund zu so einem Treffen kam und es war gut, dass die Leute in Raines locker drauf waren. Dankenswerterweise hatte sie ihn so sehr abgelenkt, dass ihm entgangen war, wie ich auf meinem Stuhl herumgerutscht war.

Und die Nachrichten, die sie mir geschickt hatten. Heilige Scheiße. Alle drei hatten geschrieben, mir versprochen, dass ich zum Höhepunkt kommen würde und hatten den ganzen Tag über mein Verlangen aufrechterhalten.

„Wir beißen nicht. Außer natürlich du willst es", meinte Kemp.

Ich schnaubte, eine Mischung aus leisem Lachen und einem scharfen Ausatmen. „Sorry, du hast recht, ich bin nervös", gestand ich, aber meine Gedanken hingen noch an der Idee fest, dass er mich tatsächlich beißen würde. Ein leichtes Knabbern, seine Zähne, die über die Spitze meiner Nippel schabten. Meine Mitte verkrampfte sich bei dem Gedanken und meine Brustwarzen hatten sich bereits zu harten Spitzen zusammengezogen, die sich gegen meinen BH pressten.

Kemps lockige Haare waren leicht feucht, als wäre er gerade erst aus der Dusche gekommen. Ich atmete tief ein, um mein rasendes Herz zu beruhigen, und sog dabei einen Duft ein, der mich an Wald erinnerte. Irgendeine Seife. Herb und männlich. Er hatte sich jedoch nicht rasiert, helle Stoppeln überzogen seinen kantigen Kiefer. Sein offenes Lächeln ließ kleine Fältchen neben seinen Augen entstehen. Ich konnte Menschen lesen – eine Fähigkeit, die ich bei meiner Arbeit im Büro des Staatsanwalts und dem Umgang mit Klienten, die nicht so unschuldig waren wie sie wirkten, gelernt hatte, dann während der Polizeiakademie verfeinert hatte – und sein Lächeln zeigte, dass er ein unbeschwerter Mensch war. Gelassen. Dennoch schien er der Dominanteste des Trios zu sein.

„Du? Nervös? Nach dem, was du vorhin gemacht hast?", fragte Gus, der mir so nah kam, dass er mit seiner großen Hand über meine Haare streicheln konnte.

„Was ich getan habe? Was ist mit dir?", konterte ich. „Du bist derjenige, der kommen durfte."

Er grinste nur zur Antwort, seine weißen Zähne bildeten einen hübschen Kontrast zu seinem dunklen Bart.

Ich spürte, wie meine Wangen heiß wurden. „Trotzdem", erwiderte ich, während ich mir in Erinnerung rief, wie ich immer feuchter geworden war und dass sich meine Erregung noch vervielfacht hatte, als ich ihre Augen auf mir gespürt und gewusst hatte, dass sie sehen konnten, wie erregt ich war.

Jetzt traten sie näher, umringten mich. Ich hatte mir das Haus angeschaut, als ich geparkt hatte und zur Eingangstür gelaufen war. Modernes Blockhaus wäre die Bezeichnung. Rustikales Montana, aber mit riesigen Fenstern, um die Aussicht bewundern zu können. Es war ein großes Haus für große Männer. Ich wusste, dass sie zusammenlebten und dieses Haus passte zu ihnen. Aber sie würden mir keine Hausführung geben.

Alles, was ich sehen, fühlen, einatmen konnte, waren Gus, Poe und Kemp. Große Männer. Die mich umzingelten.

„Ich hätte das niemals getan, wenn du mir nicht gesagt hättest, ich solle es tun", gab ich zu.

Kemp hob mein Kinn mit seinen Fingern an und ich blickte ihm in die Augen. Bis zu diesem Moment hatte ich nicht bemerkt, dass ich sein Flanellhemd angestarrt hatte. „Du hast uns erzählt, was du möchtest. Dass du uns alle drei willst. Dass du willst, dass wir die Kontrolle übernehmen. Das war genug. Wir haben...und werden ab hier übernehmen."

Diese Worte wurden sanft ausgesprochen, ganz anders als der pussy-feucht-machende Tonfall, den er eingesetzt und der mich meinen Slip nach unten hatte schieben lassen.

„Obwohl du nervös bist, bist du hergekommen. Du bist sehr mutig, dir zu nehmen, was du willst", meinte Poe und ich wandte meinen Kopf in seine Richtung. Dunkel, verführerisch, mit Augen, die so überraschend hell waren, dass sie zu seiner Intensität passten. Sein gesamter Fokus lag auf mir und es war, als würde ich berührt werden. Liebkost. Ich war ihm verfallen und er hatte mich noch nicht einmal mit der Fingerspitze berührt. Kein einziges Mal. „Uns ist in der Praxis nicht entgangen, wie feucht deine Pussy war. Hast du masturbiert, als du von der Arbeit nach Hause gekommen bist, um dir Erleichterung zu verschaffen?"

Ich schüttelte den Kopf.

„Du hast dich nicht auf dein Bett gelegt, deine Beine gespreizt und dich befriedigt?", fragte Gus.

„Nein", flüsterte ich. Ich hatte es tun wollen. Meine Klit hatte pulsiert, meine Pussy hatte die gesamte Schicht über gepocht. Meine Nippel hatten sich an meinem BH fast wundgescheuert, so empfindlich waren sie gewesen, und dennoch hatte ich nicht meinen Vibrator geholt, wie ich es hatte tun wollen. Ich hätte drei heiße Kerle gehabt, deren Bilder in meinem Kopf mir hätten helfen können, zu kommen, aber ich hatte es mir verboten.

Ich hatte das Echte gewollt. Jetzt da ich zwischen ihnen stand, war ich froh, dass ich das getan hatte.

„Braves Mädchen", lobte mich Gus. „Diese Pussy gehört uns. Diese Orgasmen gehören uns. Kein Anfassen ohne uns oder du wirst bestraft."

Ich schluckte bei seinen Worten und meine Pussy wurde warm. *Bestraft.*

Der 9-1-1 Einsatz, der reingekommen war, als ich damit beschäftigt gewesen war, meine Jeans für sie nach unten zu schieben, war ein Fall häuslicher Gewalt gewesen. Einer, bei dem die Frau offensichtlich von ihrem Ehemann misshandelt worden war. Er hatte die Tür mit einem selbstgefälligen Grinsen geöffnet, das deutlich machte, dass das Ganze schon mal passiert war, und er wusste, dass er damit durchkommen würde. Das war er auch, weil sich seine Frau, die Blutergüsse auf verblassenden Blutergüssen hatte, geweigert hatte, Anzeige zu erstatten. Dass sie überhaupt um Hilfe gebeten hatte, war ein offenkundiges Zeichen dafür, dass sie misshandelt wurde und ihr Mann im Anschluss die Kontrolle wieder an sich gerissen und „ihre Meinung geändert" hatte. Gott, das hatte mich dermaßen gestört. Tat es immer noch, zu wissen, dass sie genau in diesem Moment mit diesem Arsch zu Hause war. Aber sie war eine erwachsene Frau und wenn sie sich nicht dafür entschied, Anzeige gegen ihn zu erstatten, gab es nichts, was ich tun konnte. Zumindest nicht heute.

Und weil Gus das Wort *bestraft* ausgesprochen hatte, hatte das sofort meine Wut neu aufflammen lassen, aber sie war schnell verpufft. Er würde mir nicht wehtun. Jemals.

„Was soll der Blick, Elfe?", fragte er. Ja, er konnte mich lesen. Hatte er schon immer. Nach zehn Jahren der Trennung fühlte sich das gut an. Vertraut.

Ich berichtete ihnen von dem Einsatz und die drei sahen stinksauer aus. Das half definitiv dabei, meine Entscheidung zu manifestieren, meinen Namen nicht auf den Wahlzettel für den Sheriff-Job setzen zu lassen. Ich war nur ein vorübergehender Sheriff und nicht mehr. Ich wollte lieber wieder im Büro der Staatsanwaltschaft arbeiten und sicherstellen, dass Leute wie dieses Arschloch nie wieder das Gefängnis verließen. Ich hatte mit Porter Duke, dem Bezirksanwalt und zufälligerweise Gus' Cousin, über einen Job in seinem Büro gesprochen. Die Stelle wartete im November auf mich, was beruhigend war, da es mir erlaubte, in der Stadt zu bleiben in der Nähe meiner

Momma...und jetzt möglicherweise auch der drei riesigen Männer.

Poe fluchte unterdrückt. „So sind wir nicht, Parker", schwor er. „Und wenn du uns den Namen des Kerls verrätst, werden wir uns um ihn kümmern."

Ich sah zu Poe, lächelte. Für jemand so großen war er wirklich süß. Festentschlossen und ich bezweifelte nicht, dass es für ihn ein Kinderspiel wäre, sich um das Arschloch zu kümmern, aber dennoch, er war süß. „Das ist nichts, was du dem Sheriff sagen möchtest", erwiderte ich.

„Er verletzt eine Frau, er verdient es, dafür zur Rechenschaft gezogen zu werden", konterte er mit einem harschen Knurren. Dann lief er davon, wobei er sich seine schwarzen Haare raufte. Das war eindeutig ein sensibles Thema für ihn.

„Du weißt, dass das, was wir hier machen, anders ist, oder?", erkundigte sich Kemp und zog meine Aufmerksamkeit wieder auf sich. „Dass Gus, als er sagte, wir würden dich bestrafen, meinte, dass es eher zum Spaß wäre. Von uns wirst du nur Vergnügen erhalten...früher oder später."

Ja, dieses eine Wort ging gegen meine feministische Weltanschauung. Warum rammte ich ihm nicht das Knie in die Eier und sagte ihm, dass ich für mich selbst sorgen konnte, einschließlich meines Vergnügens? Warum musste ich einem Mann – oder Männern – die Kontrolle abgeben? Warum *wollte* ich, dass sie sie hatten?

„Dieses Arschloch hat seiner Frau die Kontrolle *entrissen*, Elfe", sagte Gus und streichelte mit einem Knöchel meine Wange hinab. „Du *gibst* sie uns. Ein Geschenk. Und wir werden sie behüten. Und dich."

„Du hast das Sagen", fügte Kemp hinzu. „Jegliches. In der Praxis habe ich dir gesagt, du sollst dich nach vorne beugen und uns deinen fantastischen Hintern zeigen. Du hast das gemacht, weil du es wolltest, aus keinem anderen Grund. Du hättest Nein sagen können, zum Teufel, du hättest Ananas als Safeword sagen können und wir hätten das respektiert."

„Das stimmt, Elfe", bekräftigte Gus, der Kemp aus schmalen Augen betrachtete, wahrscheinlich wegen dem Wort Ananas, das aus heiterem Himmel gekommen war. „Wie du sehen kannst, wollen wir dich zwischen uns haben. Aber nur, wenn du auch dort sein möchtest."

Ich befand mich in eben diesem Moment zwischen den zweien und es war *genau* der richtige Ort für mich. Ich wollte umzingelt sein, überwältigt werden, sogar übermannt. *Insbesondere* nach dem letzten Einsatz. Ich wollte nichts anderes tun, als ihn zu vergessen. Alles zu vergessen.

„Wir müssen lernen, wo deine Grenzen liegen, was dich erregt und feucht macht. Nichts anderes."

Ich nickte Kemp leicht zu. Er schien der Dominanteste des Trios zu sein, sein Charakter etwas herrischer.

„Zurück zu dem, was ich sagte", meinte Gus. „Wir haben die Kontrolle über deine Pussy, bis du etwas anderes sagst. Jeder Zentimeter deines Körpers gehört uns, wenn wir uns in dieser Konstellation befinden. Gehorche oder dein Arsch wird gründlich gespankt werden."

„Oder wir werden dir einen Plug in den Arsch einführen", ergänzte Kemp.

„Oder dich ans Bett fesseln und dir deine Orgasmen versagen", beendete Gus die Aufzählung.

All das sorgte dafür, dass ich unruhig von einem Fuß auf den anderen trat. Ich war zuvor schon gespankt worden, hatte ein paar Analspielchen gemacht. Die Verweigerung eines Orgasmus klang allerdings furchtbar, denn das hatte ich den ganzen Tag über durchgemacht. Ich war mir sicher, dass sie mich verdammt heftig kommen lassen könnten, aber meine Pussy zog sich dennoch in Reaktion auf ihre Worte zusammen. Mein Gehirn mochte das Eine denken, aber der Rest meines Körpers hing den Jungs an den Lippen. Das war nur ein Spiel. Auch wenn sie die Kontrolle hatten, war ich diejenige, die das Sagen hatte.

Ich wollte, dass sie mich buchstäblich um den Verstand brachten, also musste ich mein Gehirn verdammt nochmal zum Schweigen bringen. Gespankt werden, einen Plug erhalten, auf wunderbare Weise gefoltert werden. Das ließ mich dahinschmelzen. Das machte mich feucht. Das ließ mich sagen: „Ja, Sir."

„Oh fuck", flüsterte Kemp. Anschließend schlang er einen Arm um meine Taille und zog mich sanft zu sich, sodass sich seine Brust an meinen Rücken schmiegte. Ich spürte jeden harten, heißen Zentimeter von ihm. Und damit meinte ich nicht nur seine Brust und kräftigen Schenkel, sondern auch seinen langen, dicken Schwanz, der sich gegen meinen Po drückte. Er küsste mich seitlich am Hals und meine Augen schlossen sich. „Wie kommt es, dass du so perfekt bist?"

Ich lächelte. „Ich bin alles andere als das. Du kennst mich nicht wirklich."

„Ich weiß, dass diese Stelle hier wie heißer Zucker schmeckt." Er leckte meinen Hals, dann kratzte er leicht mit den Zähnen darüber. Sacht, aber mit etwas Biss. Im wahrsten Sinne des Wortes. Gänsehaut breitete sich auf meiner Haut aus und ich wimmerte.

Seine Hand umspannte meinen gesamten Bauch, seine Fingerspitzen streiften die Unterseite meiner Brüste. Das verdeutlichte, wie groß Kemp war, denn ich war keine kleine Frau.

„Ich wette, der Rest von dir schmeckt genauso süß", fuhr

er fort. „Vor allem der klebrige Honig zwischen deinen Schenkeln."

Kemp war ein Dirty Talker, was ihn auch zu einem Höschen-Ruinierer machte, weil ich förmlich auslief.

„Ich erinnere mich daran", sagte Gus. „Wie Bonbons."

Kemp stöhnte und ich spürte die Vibrationen in meinem Rücken.

„Wir wollen alles über dich wissen", fuhr Gus fort. „Im Bett und außerhalb."

Sein Daumen legte sich auf meine Unterlippe und ich öffnete meine Augen. Ich schaute ihn an, sah den dunklen Blick, an den ich mich erinnerte. Ich öffnete meine Lippen und seine Fingerspitze glitt hinein. Ich saugte an seinem Daumen, wirbelte mit der Zunge darüber. Beobachtete, wie sich sein Kiefer anspannte, seine Augen schwarz vor Begehren wurden. Vor langer Zeit hatte ich ihm den Schwanz geblasen. Ich war nicht sehr gut darin gewesen, mehr Elan als Können, aber ich erinnerte mich daran. Wie groß er in meinem Mund gewesen war, wie weit ich meinen Mund hatte öffnen müssen, um ihn aufnehmen zu können. Seinen Geschmack, das heiße, samtene, dennoch harte Gefühl an meiner Zunge.

Und er schien sich auch daran zu erinnern.

„Wenn du so weiter machst, schaffen wir es das erste Mal nicht ins Bett", warnte mich Kemp, nahm meine Hand und legte sie auf die Vorderseite seiner Hose, damit mir nicht entging, wie hart er war. Und groß. So groß, dass er vielleicht damit recht gehabt hatte, als er sagte, Gus hätte den Kleinsten.

Er war bereit. Genau jetzt. Meine Nervosität war verschwunden. Hatte sich zusammen mit dem Großteil meiner Gedanken verflüchtigt. Kemps Mund auf meinem

Hals. Gus' Daumen in meinem Mund. Poe war irgendwo hier in der Nähe.

„Wir werden sehr vorsichtig mit dir sein müssen, Elfe", murmelte Gus. „Wir haben die Kontrolle und dennoch zwingst du mich nur mit deinem heißen Mund in die Knie."

Er zog seinen Daumen heraus und trat zurück. Kemps Arm um mich spannte sich an, drückte mich an sich, eine Erinnerung daran, dass ich meine Macht abgegeben hatte. Gus musterte mich.

„Bereit, Parker?", fragte Kemp. Ich konnte sein Gesicht nicht sehen, aber das tiefe Timbre seiner Stimme war durchzogen von unverhohlenem Verlangen.

Ich nickte, mein Kopf stieß gegen seine Schulter.

„Wir müssen es hören", fügte Gus hinzu.

Ich schluckte. Das war sie, die verbale Zustimmung, die sie verlangten, damit sie mit mir spielten und zwar wild.

„Ja."

Kemp drehte mich zu sich herum, dann zog er eine helle Augenbraue hoch. „Ja, was?"

Ich erschauderte. „Ja, Sir."

Er lächelte ganz dunkel und voller Hitze. Voller Versprechen.

7

 US

Kemp hatte recht gehabt. Das heiße, feuchte Saugen ihres Mundes an meiner Daumenspitze hatte dafür gesorgt, dass Lusttropfen förmlich aus meinem Schwanz gesprudelt waren. Würde ich nach unten schauen, würde ich zweifellos einen größer werdenden feuchten Fleck an der Vorderseite meiner Jeans sehen. Aber ich würde meinen Blick nicht von Parker abwenden. Und ich hatte eine Menge Sperma, das ich in sie spritzen wollte. Sicher, ich hatte mich vorhin wie ein Teenager verhalten und mich über ihrem ausgestreckten Arsch ergossen. Dennoch war ich hart geblieben, hatte den Rest meines Spermas für ihre Pussy aufbewahrt. Oder ihren Mund. Vielleicht sogar ihren Arsch.

Wohingegen sich Kemp und Poe im Büro einen runtergeholt hatten, war ich nicht noch einmal gekommen. Das mochte nicht die beste Idee gewesen sein, da ich in dem

Zustand, in dem ich mich gerade befand, wahrscheinlich nur ein paar Mal in sie stoßen und dann fertig sein würde, wenn ich erstmal in sie gelangte.

Das war alles ihre Schuld, weil sie hierherkam und so fick-mich perfekt aussah. Die süße, eifrige Teenagerin, an die ich mich erinnerte, aber besser. Hübscher. Weiser. So verflucht sexy. Sie musste nach Hause gegangen und sich umgezogen haben, denn sie trug zwar nach wie vor Jeans, aber das Uniformhemd war einem roten Flanellhemd gewichen, dessen oberste zwei Knöpfe geöffnet waren. Nichts Aufdringliches, nichts übermäßig Feminines oder Modisches, was für mich völlig in Ordnung war.

Da sie das Hemd in die Jeans gesteckt hatte, konnte niemand übersehen, dass sie mit ihrer Sanduhr-Figur *einhundert Prozent* Frau war. Sie war mehr als eine Handvoll. Überall. Und ich liebte das. Ich war nicht klein, zum Teufel, ich überragte die meisten Frauen bei weitem. Aber sie nicht. Ich war einige Zentimeter größer als sie, aber ich musste mich nie weit runterbeugen, um sie zu küssen. Und ich erinnerte mich daran, wie einfach es gewesen war, ihren Mund mit meinem zu erreichen, sogar diese üppigen Brüste, als sie unter mir gelegen und ich sie gefickt hatte. Und fuck, wollte ich die wiedersehen. Ich wollte die Knöpfe von ihrem Hemd reißen, um diese großen Nippel zu sehen, an denen ich so gerne gesaugt hatte. Ich wollte beobachten, wie sie sich in der kühlen Luft, an meiner Zunge, zusammenzogen

Scheiße. Ich konnte mich nicht erinnern, dass mein Schwanz schon mal so hart war. Ich würde Parkers Hilfe bei diesem Problem brauchen, denn ich weigerte mich, nochmal wie vorhin meine Ladung zu verspritzen.

Ich nahm ihre Hand und führte sie die Treppe hoch in mein Schlafzimmer, Kemp war direkt hinter uns.

Poe war davongelaufen, nachdem er von dem Einsatz und dem Kerl, der seine Frau verprügelte, gehört hatte. Ich nahm es ihm nicht übel, dass er sich eine Minute für sich nahm. Solche Situationen setzten ihm wegen seiner Mom immer zu. Aber er musste sich zusammenreißen und zu uns stoßen oder ihm würde etwas entgehen. Kemp und ich konnten Parker befriedigen, keine Frage. Aber sie wollte uns alle und wir würden ihr verdammt nochmal alles geben, was ihr Herz begehrte. Insbesondere, wenn das drei beste Stücke waren.

Ich führte sie zum Fuß meines großen Bettes. Kemps und Poes Zimmer waren am Ende des Flurs. Wir würden sie zwar teilen, aber wir würden uns damit abwechseln müssen, bei wem sie in der Nacht schlief. Ja, ich dachte an die Ewigkeit. Ich erinnerte mich daran, was wir gehabt hatten, was wir aufgegeben hatten. Nicht noch einmal.

Aber dass nun auch Kemp und Poe mit von der Partie waren, veränderte natürlich die Dynamik. Es war nicht so, als würden wir ein saugroßes Bett für uns vier wollen, in dem wir gemeinsam schlafen konnten. So etwas war einfach merkwürdig.

Das bedeutete jedoch nicht, dass wir drei sie nicht gemeinsam vögeln würden. Und das begann genau jetzt.

„Kemp wird dich ausziehen, Elfe."

Ich trat weg, ließ mich in den gepolsterten Sessel am Fenster fallen, in dem ich normalerweise vorm Schlafen las. Parker wirkte leicht überrascht, dass ich mich von ihr entfernt hatte, aber ich hatte ihre Aufmerksamkeit. Vor allem als ich mich breitbeinig hinsetzte, meine Jeans öffnete, sie so weit nach unten schob, dass ich meinen Schwanz hervorholen konnte. Er war so verdammt hart, dass ich zischte, als ich die Wurzel umfasste. Ich hatte ihn noch nie in diesem Zustand gesehen. Man könnte es schon fast als wütend bezeichnen, die Farbe war ein dunkles Pflaumenrot, er war so vollgepumpt mit Blut, dass die Adern, die die Länge hinaufführten, pulsierten und hervortraten. Die Eichel glänzte von Lusttropfen. Und ich war erst vor wenigen Stunden auf ihr gekommen.

„Das ist alles wegen dir", erklärte ich ihr. „Ich werde hier sitzen und meinen Schwanz streicheln und dir mit Kemp zuschauen. Meine persönliche kleine Stripshow. Du bist verdammt nochmal einfach zu umwerfend, als dass mein Schwanz es ertragen könnte. Ich muss nochmal kommen, um Druck abzulassen, und dann kann ich es dir die ganze Nacht lang besorgen."

Sie leckte über ihre Lippen, während sie beobachtete, wie meine Faust hoch und runter glitt. Kemp drehte ihren Kopf, lenkte ihre Aufmerksamkeit wieder auf sich und küsste sie.

Fuck.

Das war kein sanftes, freundliches Küsschen, sondern geradezu ein Angriff. Ein dominanter erster Kuss. Seine Zunge steckte tief in ihrem Mund, während sich eine seiner Hände auf ihren Arsch legte, sie näher zog. Die andere wühlte sich in ihre Haare, zog. Ich konnte ihr Wimmern hören, den Moment beobachten, in dem sie sich fallen ließ, als ihr Körper zu Wachs in seinen Händen wurde.

Schließlich lösten sie sich voneinander.

„Kemp, bitte", flehte sie, ihre Stimme leise, begleitet von atemlosem Keuchen.

„Heute war ein harter Tag, nicht wahr, Babygirl? Erst wurdest du von deinen drei Männern scharf gemacht, dann wegbeordert. Und du bist nicht gekommen. Deine Pussy muss sich so sehr nach einem Schwanz verzehren."

Sie nickte.

Kemp schubste sie sacht, sodass sie auf dem Bettrand zu

sitzen kam, dann sank er vor ihr auf die Knie. Er zog erst einen ihrer Stiefel aus, dann den anderen, ehe er sich ihrer Jeans widmete. Er hatte sie in Rekordzeit von der Taille abwärts entkleidet – Parker war äußerst eifrig bei der Sache, hob ihre Hüften und half ihm – sodass ihre Hose und Slip als Haufen auf dem Teppich lagen.

Unterdessen rieb ich über meine Härte und beobachtete. Mein eigener persönlicher Porno mit der Frau meiner Träume als Hauptdarstellerin.

Kemp schob ihre Knie weit auseinander und heftete seinen Blick auf die Stelle dazwischen. Ich erinnerte mich daran, wie sie dort aussah. Mit achtzehn hatte sie die dunklen Haare ordentlich gestutzt, ihre inneren Lippen waren so groß, dass sie ihre Spalte öffneten, ihre Klit hart und verdammt…nochmal…direkt…dort.

Kemp leckte sich über die Lippen und beugte sich vor. Da seine großen Hände auf ihren Innenschenkeln lagen, würde sie nirgends hingehen, nicht, dass sie auf irgendeine Weise Widerstand leistete.

Ihre Augen schlossen sich und ihr Kopf fiel bei der ersten Berührung seines Mundes nach hinten. „Kemp!", schrie sie.

Fuck, dieser Laut, das Verlangen darin, brachte mich dazu, Lusttropfen über meine Faust zu verspritzen. Ich erinnerte mich an ihren Geschmack und bei dem Gedanken an dessen Süße lief mir das Wasser im Mund zusammen. Ihr Geruch auf meinem ganzen Gesicht.

„Heiliger Strohsack", sagte Poe, als er ins Zimmer trat, eine große Schachtel Kondome in der Hand. Schlau. Wir würden uns heute Nacht durch diese Schachtel arbeiten.

Ich war froh, dass er sich am Riemen gerissen hatte und bereit war für Spaß.

Parker schaute zu ihm, ihre Augen verschleiert von Lust.

Sie versteifte sich leicht, wahrscheinlich weil ihr bewusst wurde, dass drei Männer ihr dabei zusahen, wie sie oral befriedigt wurde – sie war abgelenkt gewesen – aber Kemp schob seine Hand zwischen ihre Schenkel und ich erkannte die Sekunde, in der ein oder zwei Finger in sie glitten.

„Nimm ein Bein und öffne sie schön weit für mich", befahl Kemp Poe. Seine Stimme war so tief, wie ich sie noch nie gehört hatte. Er hob seinen Mund kaum von ihrer Pussy. „Unser Babygirl war so brav und hat ihre Lust den ganzen Tag für uns zurückgehalten."

„Gerne." Poe ging zum Bett, ließ die Schachtel Kondome fallen und legte eine Hand auf eines ihrer nackten Knie und drückte es weit zur Seite und zu seiner Brust. Parker fiel zurück auf das weiche Bett und ich konnte so viel mehr sehen. Ich konnte einen Blick auf die rosanste Pussy erhaschen, die unfassbar feucht war. Kemp hatte einiges zu tun, wenn er sie sauber lecken wollte.

Meine Hoden zogen sich zusammen und ich konnte spüren, dass sich ein Orgasmus am Ende meiner Wirbelsäule aufbaute. Nur vom Zuschauen. Schon wieder.

„Gibt Kemp dir, was du brauchst?", erkundigte sich Poe und schaute auf unser Mädel hinunter.

„Ja!", schrie sie, wobei sie sich so gut sie konnte herumwarf, während die beiden sie so festhielten.

„Gus, komm hierher und halt ihr anderes Knie fest", befahl Kemp.

Obwohl ich meinen Schwanz nicht loslassen wollte, wollte ich doch auch zuschauen, wie Parker kam und das aus der Nähe. Ich hievte mich aus dem Sessel, ging zu ihnen, nahm ihr anderes Knie und öffnete sie. Ich ließ meine Hose offen. Mein Schwanz würde dort unter keinen Umständen mehr reinpassen, bis ich nicht einige Male gekommen war. Sie war so weit gespreizt, dass Poe und ich beobachten konnten, wie Kemp sie leckte. Er hob seinen Kopf eine Sekunde, gewährte uns einen Blick auf sie.

Bevor ich ihre geöffnete Pussy bewunderte, beugte ich mich nach unten und küsste sie. Sah ihr in die dunklen Augen. „Hey, Elfe. Zeit zu kommen."

Sie nickte, leckte ihre Lippen. Sie war direkt dort, so kurz davor und es war nicht viel mehr als eine Minute vergangen. Sie war den ganzen Tag über bereit gewesen. Der Geschmack ihrer Lippen, der heiße Duft ihrer Erregung brachte mich zum Stöhnen. Ich veränderte meine Position, sodass ich sie betrachten konnte.

„Oh fuck, so eine hübsche Pussy." Und das war sie. Ganz rosa und geöffnet, ihre unteren Lippen gespreizt, sodass wir alles sehen konnten. Ihre Öffnung zog sich zusammen, als ob sie versuchen würde, einen Schwanz zu finden, den sie in sich ziehen könnte. Und sie war tropfnass, selbst nachdem sich Kemp größte Mühe gegeben hatte, alles aufzulecken. Ihre Schenkel glänzten, genauso wie Kemps Mund. Selbst ihr kleines rosa Arschloch glänzte von ihrer Erregung, zwinkerte uns zu.

„Und süß. Ich hatte recht, sie ist süßer als Honig", verkündete Kemp.

Ich hatte keine Ahnung, wie sie noch so weit denken konnte, ihre Hand auszustrecken und meinen Schwanz zu packen, aber sie tat es. Ihre kleine Faust ergriff ihn, streichelte ihn einmal und das war alles, was es brauchte. Ich kam, meine Hüften ruckten nach vorne. Sperma sprudelte wie aus einem Springbrunnen aus mir, dicke Strahlen landeten auf ihren Innenschenkeln, glitten hinab zu ihrer Pussy. Zum Glück hatte Kemp seinen Kopf gehoben. Weißes, heißes Vergnügen brutzelte mein Gehirn, ließ meine Muskeln verkrampfen, dann entspannen. Ich stöhnte durch das blendende Vergnügen hindurch. Und alles, was sie getan hatte, war mich zu berühren. Ich war kein Stück besser als mit achtzehn.

Als ich meine Augen wieder öffnen konnte, schaute ich auf sie hinab. Sie trug ein zufriedenes Lächeln im Gesicht, obwohl sie diejenige war, die noch nicht gekommen war.

„Oh du denkst, du hast hier das Kommando?", fragte ich, während ich um Atem rang.

„Du kamst, oder etwa nicht?", konterte sie.

Poes Hand landete mit einem leichten Klatschen auf ihrem Arsch. Sie erschrak, aber konnte sich nicht groß bewegen. Nein, wir hielten sie nach unten gedrückt. Weit geöffnet.

Er schnalzte mit der Zunge. „Süße, Frechheiten bringen dir nur ein Spanking ein."

Mein Schwanz war noch immer hart. Er würde nicht so schnell erschlaffen, vor allem nun da ich Poes Handabdruck auf ihrer blassen Haut erblühen sah. Aber Fuck sei Dank, wurden meine Gedanken nicht mehr von dem allumfassenden Drang zu kommen getrübt. Jetzt konnte ich mich auf sie konzentrieren. Wir hatten die ganze Nacht und bei drei Männern würde sie am Morgen gut befriedigt in die Arbeit gehen. Ich bezweifelte, dass sie normal würde laufen können.

„Kemp, unser Mädel grübelt noch zu viel", sagte Poe.

„Du hast recht", erwiderte Kemp. Er schaute aus seiner Position zwischen ihren Schenkeln zu Parker hoch. „Gus und Poe halten dich fest, Babygirl. Diese Pussy gehört uns. Vielleicht sollte ich deine harte kleine Klit eine Weile reizen."

Er beugte sich nach unten, zwirbelte mit seiner Zungenspitze über die harte Perle. Sie warf ihren Kopf hin und her.

„Nein, es tut mir leid. Ich werde mich benehmen."

Über das verzweifelte Schmollen in ihrer Stimme musste ich einfach grinsen.

„Es gibt nichts, was du tun kannst, außer kommen", erklärte er ihr.

Sie stöhnte, ließ ihren Kopf zurückfallen, als sich Kemp ans Werk machte.

Sie wollte, dass wir die Kontrolle übernahmen. Oh, das würden wir.

8

Oh. Mein. Gott. Kemp hatte eine magische, rücksichtslose Zunge. Es fiel mir manchmal nicht leicht, mich so weit fallen zu lassen, dass mich ein Kerl zum Höhepunkt bringen konnte. Meine Gedanken lenkten mich einfach zu sehr ab. Irgendetwas. Es gab zu viele Möglichkeiten. Aber jetzt hielten mich Poe und Gus fest, spreizten meine Beine so weit, dass ich mich nicht verstecken konnte. Ich konnte nichts anderes tun, als Kemps Mund und Finger zu spüren, während er mich verwöhnte.

Ich war von Anfang an so erregt gewesen, dass ich jetzt kurz vorm Höhepunkt stand. Mein Gehirn schaltete sich ab.

Ich spürte Kemps feste Zungenschläge. Ich hörte das schmatzende Pumpen seiner Finger. Ich atmete den Moschusduft von Gus' Sperma auf meinen Schenkeln ein. Meine eigene Erregung. Ich sah auf und erblickte zwei Männer, deren Blicke auf meine Pussy und den Kopf ihres

Freundes fixiert waren, während er mich über die Klippe stieß.

Meine Muskeln spannten sich an, Hitze breitete sich brennend in meinem Körper aus. Ich schrie auf, gab mich ihnen hin, ließ mich in das wundervollste, blendendste Vergnügen aller Zeiten fallen. Ich hatte gegen ihre festen Griffe angekämpft, aber sie hatten nicht kleinbeigegeben. Ich war gefangen in der Ekstase, die sie mir verschaffen konnten. Es gab kein Entkommen. Nichts außer…Glückseligkeit.

Und das war nur Kemps Mund gewesen. Seine Finger. Die drei Schwänze hatte ich noch nicht einmal erlebt. Während ich um Atem rang, hob Kemp seinen Kopf, um mein Knie zu küssen und sich mit dem Handrücken über den Mund zu wischen.

Oh, er war sehr zufrieden mit sich.

Und das sollte er auch sein.

Kemp stemmte sich auf seine Füße und begann, sich zu entkleiden.

Poes Hand glitt nach unten, strich über meine Pussy. Ich keuchte und riss meinen Blick von den Zentimetern des anbetungswürdigen Körpers, den Kemp gerade entblößte, um zu Poe zu schauen.

„Die Locken, Süße, müssen weichen. Später werde ich dich blank rasieren. Für den Augenblick, hoch mit dir."

Er und Gus gingen mit mir um als wäre ich winzig. Sie hoben mich hoch und manövrierten mich so, dass ich auf dem Bett kniete. Sie machten kurzen Prozess mit meinem Hemd und BH, sodass ich nackt war.

Dann stoppten sie. Und starrten.

Kemp, der mittlerweile nackt war und seinen Schwanz streichelte, starrte.

„Heilige Scheiße", fluchte Poe.

„Sie ist umwerfend, nicht wahr?", fragte Gus. Er umfing eine Brust. „Sie sind voller als in meiner Erinnerung."

Poes große Hand bearbeitete die andere. Ich spürte das Kratzen seiner Schwielen auf meiner zarten Haut.

„Ich...ich bin überall groß", murmelte ich.

Meine Brustwarzen waren schon immer sehr empfindlich gewesen und das fanden sie jetzt heraus.

Ihre Hände begannen über meine Brüste, Schultern, Taille, Hüften, Po und sogar über meine Pussy zu wandern.

„Du bist groß", stellte Poe fest, wobei seine Hand meinen Arsch drückte. „Genau richtig für einen Kerl wie mich."

„Auf alle viere, Babygirl", verlangte Kemp, der an die Bettkante trat.

Ich wusste, dass ich mich, sobald ich mich nach vorne beugen und meine Hände auf die Matratze legen würde, auf der perfekten Höhe befände, um ihn zu blasen.

Ich befeuchtete meine Lippen.

Poe schnappte sich die Schachtel neben mir auf dem Bett, riss sie auf und zog einen langen Streifen Kondome heraus.

„Blas Kemp den Schwanz wie ein braves Mädchen und ich werde deine Pussy ficken", sagte Poe, während er aus seinen Kleidern schlüpfte.

Kemp zog eine helle Braue hoch, während er sich weiterhin streichelte. Auch wenn Poe mir den Befehl gegeben hatte, könnte ich ihn ablehnen. Genau hier, genau jetzt könnte ich meine Zustimmung verweigern. Kemp wartete, vergewisserte sich, dass ich mich dafür entschied zu gehorchen.

Wie er gesagt hatte, funktionierte ihre Dominanz nur, wenn ich ihnen meine Unterwerfung schenkte.

Ich wollte, dass sie sie hatten. Mein Blut summte noch

immer von dem Orgasmus, aber meine Pussy sehnte sich danach, gefüllt zu werden. Ich war besänftigt worden, aber nicht gesättigt. Ich wollte mehr. Ich *brauchte* mehr.

Ich beugte mich nach vorne, platzierte eine Hand auf dem Bett, dann die andere. Ich wusste, dass meine Brüste nach unten hingen, schwangen. Mein Hintern war rausgestreckt und als Poe sich ein Kondom griff und hinter mich auf das Bett krabbelte, konnte er alles sehen. Ich hatte nicht nur meine Kleider abgestreift. Ich war auf alle erdenklichen Arten vor ihnen entblößt. Emotional wie körperlich, da sie mich an Orte brachten, an denen ich noch nie war, die ich aber immer hatte besuchen wollen.

Dunkle Orte. Schmutzige Orte.

Kemps Schwanz war größer als Gus'. Dicker. Während Gus' eine dunklere Farbe hatte, war Kemps hell wie er selbst. Die Eichel war breit, Lusttropfen flossen in einem stetigen Strom aus dem Schlitz. Als er nähertrat, streckte ich meine Zunge aus, leckte sie auf. Ein scharfer, salziger Geschmack zerbarst auf meiner Zunge.

Seine Hüften ruckten nach vorne und ich öffnete meinen Mund, um die Eichel aufzunehmen. Sie war warm an meiner Zunge, hart, dennoch war die Haut seidig weich. Kemp streichelte meine Haare, während ich zu ihm hochsah. Sein Kiefer war fest zusammengepresst, aber ein Lächeln huschte über seine Lippen. Seine hellen Augen glühten begehrlich und ich wusste, dass ich einen ziemlich erotischen Anblick bieten musste. Sein Schwanz lag in meinem Mund, als Poe eine Kondomverpackung aufriss. Das Rascheln der Verpackung und das schlürfende Geräusch meiner Zunge waren die einzigen Geräusche im Zimmer. Bis auf den Moment, in dem ich meine Wange aushöhlte und saugte, denn da knurrte Kemp. Ein Strahl Lusttropfen benetzte meine Zunge und ich schluckte sie.

Poes Hände legten sich auf meine Hüften, hielten mich an Ort und Stelle, während er sich in mich presste, nur ungefähr einen Zentimeter. Ich spannte meine inneren Muskeln an und drückte ihn, wollte mehr.

„Ich bin groß, Süße. Bereit, alles von mir aufzunehmen?", erkundigte sich Poe.

Ich konnte meinen Kopf nicht drehen, um ihn anzuschauen, da mein Mund von Kemp gefüllt wurde.

„Sie wird dich komplett aufnehmen, Poe", versicherte Kemp ihm. „Sie nimmt jetzt zwar nur die Spitze auf, aber sie kann mehr vertragen. Stimmt's, Babygirl?"

Ich wackelte mit den Hüften, so gut ich eben konnte, erpicht darauf, dass Poe tief in mich drang. Das Gleiche galt für Kemp. Ich wollte, dass er meinen Mund füllte.

„Keine Sorge", sagte Gus. „Bei drei Männern, wirst du mehr als nur die Spitze bekommen." Ich spürte einen Finger gegen meinen Hintereingang tippen. Gus' Finger. Oh Gott. Nervenenden, die erst noch aus dem Schlaf gerissen werden mussten, erwachten zum Leben. Ich stöhnte um Kemps Schwanz. „In jedem Loch."

Als Poe tief in mich drang, mich mit jedem riesigen Zentimeter füllte und Kemp meinen Nacken umfasste und mir all die dicken Zentimeter seines besten Stückes fütterte, beschrieb Gus' Finger Kreise um mein verbotenes Loch und drückte dagegen.

An so viele Hände, so viele Schwänze war ich nicht gewöhnt, es war überwältigend. Die Gefühle und Empfindungen, die mir drei Männer mit ihren Zuwendungen verschafften, waren unglaublich.

Poe war nun vollständig in mir, seine Schenkel pressten sich gegen meine. Ich fühlte mich so voll. Und dann begann er sich zu bewegen. Er glitt zurück, sodass ich beinahe leer war, als ob ihn nur noch meine Schamlippen, die sich an ihn schmiegten, in mir hielten. Dann stieß er hart in mich.

Ich stöhnte wieder und Kemp fing an, meinen Mund zu ficken, wobei er jedes Mal vorsichtig immer tiefer vordrang. Ich hielt meinen Blick auf ihn gerichtet und er beobachtete mich aufmerksam, damit er sah, wie weit er gehen konnte. Ich konnte meinen Kopf nicht bewegen, um ihn zu bearbeiten. Stattdessen fickte er meinen Mund, wie Poe meine Pussy fickte. Bei jedem tiefen Eindringen schlugen Poes Hoden gegen meine empfindsame Klit.

„Sie wird kommen. Nicht wahr?", fragte Kemp, dessen Hüften sich etwas schneller bewegten. Er berührte trotzdem kaum die Rückseite meiner Kehle. Für jemanden, der selbst so kurz vorm Höhepunkt stand, hatte er seine Bewegungen gut im Griff.

„Ihre Pussy drückt meinen Schwanz so fest", sagte Poe knurrend.

Gus' Finger drang in meinen Anus. Das leichte Brennen kombiniert mit der dunklen Wonne des Vergnügens stieß mich über die Klippe.

Ich kam, mein Körper zuckte, aber bewegte sich in ihrem festen Griff nicht. Ich schrie auf, aber mein Mund war gefüllt von einem Schwanz. Meine Nippel zogen sich zu harten Spitzen zusammen, auf meiner Haut brach Schweiß aus. Meine Pussy und Arsch pulsierten heftig, wollten Poe tiefer ziehen, dass er so weit wie möglich in mir blieb. Dass Gus seinen Finger noch weiter in mich schob, dass er alles so unfassbar eng machte.

Kemps Finger in meinem Nacken verkrampften sich, als er sich tief in meinen Mund presste und stöhnte. Sein Schwanz schwoll an und er zog sich zurück. „Aufmachen."

Ich tat wie geheißen, sogar als das Vergnügen mich durchströmte. Er spritzte sein Sperma auf meine Zunge, wobei seine Augen darauf fixiert waren, wie er meinen Mund füllte.

Das laute Klatschen von Poes Fleisch auf meinem, erklang kurz bevor ich spürte, wie sich seine Finger fester in meine Hüften bohrten. Er röhrte, während er sich tief in mich presste. Ich konnte nicht spüren, wie mich sein Sperma auskleidete, weil das Kondom seinen Zweck erfüllte. Das war zwar eine rücksichtsvolle Vorsichtsmaßnahme, aber ich sehnte mich danach, dass er mich markierte, dass er mich mit seinem Sperma bedeckte, damit ich es aus mir tropfen spüren und wissen würde, dass es einfach zu viel davon gab, um in mich zu passen, insbesondere weil mich sein Schwanz so unglaublich ausfüllte.

Ich wimmerte, als Gus seinen Finger aus meinem Anus zog.

Kemps Hand schob sich um mich und umfing mein Kinn. Ich sah zu ihm und Gus hoch. „Schluck."

Ich befolgte Kemps Befehl und schloss meinen Mund, ließ seine große Ladung in meinen Bauch rutschen, während der Nachgeschmack auf meiner Zunge haften blieb.

Gus zog sich in Rekordzeit aus, während sich Poe rauszog und sich neben mich auf das Bett fallen ließ, das aufgrund seiner Größe einsank. „Wirf mir ein Kondom zu, Poe."

Ich setzte mich auf meinen Hintern. Meine Pussy war geschwollen und leicht wund, aber ich wusste, ich war noch nicht fertig. Ich wollte noch nicht fertig sein.

Poes Hand streichelte meinen Rücken hinab und er drehte meinen Kopf, um mich zu küssen. Er war sanft, seine Zunge fast schon neckisch im Vergleich zu Kemps grobem Kuss von vorhin. „So süß", murmelte er und schob mir meine verschwitzten Haare hinters Ohr.

„Komm zu mir, Elfe. Reite meinen Schwanz", forderte mich Gus auf.

Ich löste mich von Poes Kuss, blickte einen Moment in seine blauen Augen. Er nickte, dann half er mir, meine Position so zu verändern, dass ich rittlings auf Gus' Taille saß, sein Kondom-bedeckter Schwanz ragte zwischen uns in die Luft. Er war gerade erst gekommen und dennoch war er schon wieder bereit.

Er grinste zu mir hoch.

Das war der Kerl, an den ich mich erinnerte, derjenige, in den ich mich vor all den Jahren verliebt hatte. Der Bart ließ ihn natürlich älter wirken, aber es kam mir vor, als wäre keine Zeit vergangen.

Oh, ich hatte Gewicht zugelegt. Meine Möpse waren größer und meine Hüften breiter geworden. Ich hatte ein paar Fältchen und definitiv etwas Cellulite. Aber sie hatten nichts gesagt, hatten keinen meiner Makel erwähnt. Es war, als würden sie keinen davon sehen.

Gus war muskulöser als ich es in Erinnerung hatte. Der Flaum dunkler Haare auf seiner Brust war neu. Zuvor war sie nackt gewesen, nur eine schmale Linie hatte von seinem Bauchnabel hinab zu dem Büschel am Ansatz seines Schwanzes geführt. Er hatte jetzt Muskeln, ein richtiges Six-Pack, das darauf hinwies, dass er regelmäßig trainierte.

Begierig hob ich mich auf meine Knie und positionierte mich über ihm. Anschließend senkte ich mich, nahm ihn tief auf.

„Oh fuck, Elfe", murmelte er, als ich wieder auf seinen Schenkeln saß, dieses Mal mit ihm tief in mir.

Ich konnte nicht reglos bleiben, also bewegte ich mich, hob und senkte mich, kreiste mit den Hüften, schaukelte vor und zurück.

„Diese Pussy ist himmlisch, oder Gus?", fragte Poe. Er

kam gerade aus dem Badezimmer, wo er das Kondom entsorgt hatte. Ich hörte auf, mich zu bewegen, und starrte.

Poe war nackt und ich konnte endlich jeden Zentimeter seines Körpers betrachten. So groß. Muskelbepackt, dunkle Haare auf Armen und Beinen, ein Flaum auf seiner Brust. Sein Schwanz deutete auf mich, steinhart.

„Das ist unsere zweite Chance, Parker", sagte Gus und ich schaute wieder zu ihm.

Meine Haare rutschten über meine Schultern und streiften den Ansatz meiner Brüste.

„Ich denke, Kemp könnte recht haben", sagte ich lächelnd.

Er wölbte eine dunkle Braue. „Oh?"

„Ich denke dein Schwanz *ist* der Kleinste."

Daraufhin packte er meine Hüften, hielt mich fest. „Kemp, geh und hol den Plug, den du im Laden gekauft hast. Unser Mädel hier ist viel zu frech."

Mein Mund klappte auf, aber er legte seine Hand in meinen Nacken und zog mich für einen Kuss nach unten. Sein Schwanz steckte zwar bereits bis zum Anschlag in meiner Pussy, aber das war unser erster Kuss seit zehn Jahren. Ich erinnerte mich an seine Lippen, seinen Geschmack, aber der Bart war neu. Ich kreiste mit den Hüften, während wir uns küssten und küssten, meine Brüste gegen seine Brust gedrückt.

Erst als ich das Tropfen einer kühlen Flüssigkeit zwischen meinen geteilten Pobacken spürte, hob ich meinen Kopf. Ich blickte über meine Schulter. Kemp hielt einen Buttplug hoch. Türkis und aus Silikon. „Jemals einen von denen in deinem Arsch gehabt, Babygirl?", fragte er.

„Ja", antwortete ich, während seine Finger das Gleitgel um mein gekräuseltes Loch verteilten. Instinktiv versuchte ich, mich vor ihm zu verschließen.

Poe, der neben Kemp gestanden und zugeschaut hatte, schlug mir auf den Hintern. „Lass ihn rein."

Natürlich sorgte das nur dafür, dass ich mich noch mehr zusammenzog und Gus zischte. „Ich sterbe hier. Ich muss sie vögeln."

Kemp ließ den Plug fallen und holte etwas anderes vom Nachttisch. Das war allerdings kein Plug, sondern ein Sexspielzeug. Ein langer Silikonstab mit kleinen Kugeln, die im Abstand von circa zwei Zentimetern aufgereiht waren und zum Ende hin immer größer wurden, wo sich ein Ring befand. Ein Ring, in den man einen Finger haken konnte, um die Kugeln wieder rauszuziehen.

Ich spannte meine inneren Muskeln wieder an.

„Fuck." Gus packte meine Hüften und fickte mich, hob und senkte mich, während er nach oben stieß. Er war nicht sanft und meine Brüste hüpften. Danach, Gott, ich hatte keine Ahnung, wie viel später, stoppte er und ich konnte Atem schöpfen. Ich stand so kurz vorm Orgasmus, meine Klit hatte über ihn gerieben, als ich mich bewegt hatte, aber es hatte nicht *ganz* gereicht.

„Jetzt kümmre dich um ihre Unverschämtheit", sagte er mit abgehakter Stimme und Schweiß auf der Stirn. Sein Gesicht war gerötet und er sah aus wie ein Gott. Einer mit einem großen Schwanz und auch einer, den ich gereizt hatte.

Und jetzt wurde mehr Gleitgel auf meinen Hintereingang geträufelt und verteilt, gefolgt von den Kugeln. Nachdem die Erste hineingerutscht war, keuchte ich. Gus zog mich für einen Kuss nach unten und ich wusste, dass Kemp diese Stellung einen besseren Winkel bot, um sich an meinem Hintern zu schaffen zu machen.

Ich hatte mich mit Gus' Schwanz in mir schon voll gefühlt, aber jetzt, als Kemp behutsam die nächste in mich schob, dehnten mich auch noch die Kugeln. Immer weiter und weiter, bis noch eine mit einem leisen Plopp in meinem Anus verschwand. Die Kugeln füllten mich gemeinsam mit Gus so unglaublich aus.

Gus küsste mein Wimmern weg, mein Stöhnen, während ich jede einzelne dieser Kugeln aufnahm. Ich konnte mir nur vorstellen, was Kemp und Poe sahen, wie ich nicht nur Gus' Schwanz schluckte, sondern auch eine Reihe Silikonkugeln.

„Wir werden deine Frechheit nie ganz abstellen können, oder?", fragte Poe, der meine Haare streichelte.

„Das wage ich zu bezweifeln", erwiderte ich.

Kemp ruckte kurz an der Kette und eine der Kugeln flutschte heraus. Ich keuchte, bog meinen Rücken durch und spannte mich an.

„Oh mein Gott", stöhnte ich.

Gus grinste. „Vielleicht macht dich ein weiterer Orgasmus fügsamer."

Er sagte nicht mehr, bewegte mich nur, vögelte mich, bearbeitete meinen Körper, bis ich den Rücken wölbte und kam. Der dicke Umfang seines Schwanzes, der über meinen G-Punkt glitt – wie hatte er das gemacht? – hatte meinen Orgasmus ausgelöst.

Aber erst als Kemp die Kugeln eine nach der anderen herauszog, schrie ich. Die zweifachen Empfindungen aus Reibung an meiner Klit und G-Punkt und den Analkugeln, die mir ein dunkles und leicht schmerzhaftes Vergnügen bereiteten, zerstörte mich.

Ich war nur noch ein bebendes, verschwitztes Häufchen, als Gus meinen Namen rief und kam.

Jemand half mir von Gus runter und ich ringelte mich auf dem Bett zusammen.

„Du bist noch nicht fertig, Parker. Böse Mädchen, die frech werden, werden in den Arsch gefickt."

Ich wurde ein weiteres Mal herumgelupft, dieses Mal so, dass ich über die Seite des Bettes gebeugt war. Meine Füße standen auf dem Boden und ein Kissen war unter meine Hüften gestopft worden. Mehr kühles Gleitgel, dieses Mal fühlte es sich allerdings gut auf meinem beanspruchten Gewebe an, gefolgt vom Öffnen eines weiteren Kondombriefchens.

Eine Hand zog eine meiner Pobacken zur Seite und ein Finger glitt in meinen Hintereingang. Er drang schön tief ein, arbeitete immer mehr Gleitgel in mich.

„Ist es nicht so?", fragte Kemp.

Gott, er war der Dirty Talker. Der Düstere. Poe mochte intensiv sein und Gus locker, aber Kemp hatte eine kinky Seite, die zu meiner eigenen passte. Er war derjenige, der mich an meine Grenzen bringen, der mir geben würde, was ich brauchte, obwohl ich es selbst nicht wusste. Dennoch wartete er darauf, dass ich es ihm erlaubte.

Ich nickte in das Kissen, als sich ein zweiter Finger zu dem ersten gesellte, mich weiter dehnte als es die Kugeln getan hatten.

„Ich brauche die Worte."

„Ja, Sir."

„Oh, so süß. Aber ja, Sir, was?"

Ich atmete ein und aus, während er einen dritten Finger hinzufügte. Ich hatte zuvor schon Analerfahrungen gemacht. Das war nicht neu für mich, aber es hatte sich noch nie zuvor so angefühlt. Es war immer nur ein Kerl gewesen, der meinen Arsch hatte ficken wollen. Mehr nicht.

Aber Kemp brachte mich dazu, mich auf die intimste Weise zu unterwerfen. Brachte mich dazu, zuzugeben, dass ich es wollte, ließ es verrucht wirken, wenn es doch alles andere als das war, insbesondere zwischen uns vieren. Aber ich, das böse Mädchen, das ich war, hob ihre Domination auf ein noch höheres Level.

„Ja, Sir, ich...ich brauche es, dass mein Arsch gefickt wird."

Poe krabbelte auf das Bett, kniete sich hin und spreizte seine Knie weit direkt vor meinem Gesicht. Sein Schwanz war genau dort. Ich roch Seife, als ob er sich im Bad kurz gewaschen hätte, als er dort das Kondom entsorgt hatte.

„Das ist richtig", entgegnete Kemp.

Ich wimmerte und sah über meine Schulter. Kemps Kondom-bedeckter Schwanz – von zusätzlichem Gleitgel glänzend – befand sich direkt zwischen meinen Pobacken, die Spitze stupste gegen den gut geölten Eingang.

Er drängte sich nach vorne, drückte. Gus spritzte noch mehr Gleitgel auf meinen Eingang. Poe drehte meinen Kopf, richtete meine Aufmerksamkeit auf sich. „Blas meinen Schwanz, Süße."

Ich keuchte, als Kemp meinen engen Muskelring durchbrach. Ich wurde weit gedehnt, so unfassbar weit, aber es fühlte sich merkwürdig gut an. Prickelnd. Intensiv. Dunkel. Nachdem ich wieder zu Atem gekommen war, nahm ich Poe in den Mund. Er war langsam, behutsam, als er mich in den Mund fickte. Ich schaute auf, sah, dass er beobachtete, wie sein großes Stück Fleisch in meinem Mund verschwand. Doch dann schaute er meinen Rücken hinab, beobachtete, wie Kemp sich tiefer und tiefer in mich zwängte, bis er vollständig in mir war.

Erst dann bewegten sie sich. Langsam und gleichmäßig. Ich fühlte mich...aufgespießt. Dominiert. Kontrolliert. Ich konnte mich nicht bewegen, konnte nichts tun, außer mich von ihnen vögeln zu lassen. Dieses Wissen trieb mich direkt auf meinen nächsten Orgasmus zu. Ich hatte mich noch nie so unterworfen gefühlt. Jemals. Als sich eine Hand zwischen meine Hüften und das Kissen schlängelte und meine Klit fand, kam ich. Sofort. Ich lief praktisch auf Gus' Hand aus, während ich mich um Kemps Schwanz zusammenzog, meine Pussy leer blieb. Poe drückte seinen Schwanz tief in meinen Mund, die breite Eichel berührte meine Kehle und er kam. Ich schluckte seinen Erguss, wieder und wieder, bevor er sich herauszog.

Kemp fuhr fort, mich langsam zu vögeln, bis er ebenfalls kam. Tief in meinem Arsch.

Ich war erledigt. Fertig. Am Ende.

„Das ist nur der Anfang, Elfe", murmelte Gus, während er meinen Kopf küsste, mich unter die Decken steckte. „Ich lasse dich nicht noch einmal gehen."

„*Wir* lassen dich nicht gehen", fügte Kemp hinzu.

Ich musste eingeschlafen sein, denn das nächste Mal, als ich meine Augen öffnete, war das Zimmer dunkel und Gus' Kopf befand sich zwischen meinen Schenkeln. Wir waren allein, hatten das große Bett ganz für uns.

Und Stunden später, als die Morgendämmerung den Himmel rosa färbte, wachte ich auf, weil Poe mich hochhob und ins Bad trug – trug! – und mir unter eine heiße Dusche half. Dort setzte er mich auf eine Bank, spreizte meine Schenkel und rasierte mich genau so, wie er es angekündigt hatte.

Danach fickte er mich, dann ließ er mich als knochenloses Häufchen zurück.

Wenn Kemp nicht bereits ins Fitnessstudio gegangen wäre, wäre ich wahrscheinlich zu spät zur Arbeit gekommen. Selbst ohne ein Workout der anderen Art mit ihm, war ich angenehm wund und hatte ein Lächeln im Gesicht, als ich zu meinem Sheriff SUV lief, Honey auf den Fersen.

9

EMP

„Ich finde, dass es wirklich romantisch ist, dass Gus eine zweite Chance mit Parker erhält", sagte Julia. Sie deckte gerade den Teakholztisch, lief im Kreis darum herum und stellte einen Teller vor jeden Stuhl. Ihre roten Haare fingen das Abendlicht ein, wodurch es noch intensiver leuchtete.

Das wöchentliche Duke Familien Dinner fand auf der Ranch statt, da Tucker mit der Rolle des Gastgebers an der Reihe war. Obwohl Mr. und Mrs. Duke noch nicht von ihrer Mittelmeerkreuzfahrt zurückgekehrt waren, kam der Rest der Familie trotzdem zusammen. Das Wetter war so schön, dass wir draußen auf der großen Terrasse essen würden. Der riesige Grill war heiß und qualmte, der Duft von Grillfleisch brachte meinen Magen zum Knurren. Ich war hungrig und nicht nur auf Essen.

Parker würde nach ihrer Schicht herkommen und ich freute mich darauf, sie zu sehen. Mein Schwanz ebenfalls.

Es war mir schwergefallen, sie heute Morgen gehen zu lassen, weil ich sie liebend gerne den ganzen Tag nackt um mich gehabt hätte. Fuck, was wir alles mit ihr gemacht hatten. Sie war so reaktionsfreudig gewesen. Was wir getan hatten, war praktisch Vanilla gewesen. Wir hatten sie nicht gefesselt – oder ihre Handschellen genutzt – oder sie gespankt...nun ja kaum. Sie war nicht den gesamten Tag über nackt geblieben, damit wir sie über jede verfügbare Fläche vornüberbeugen und vögeln hatten können. Wir hatten ihr keinen Plug in den Hintern eingeführt und ihr befohlen, ihn zu tragen. Zum Teufel, es war ja nicht so, als könnte sie ihn während der Arbeit in sich tragen. Aber ich hätte absolut keine Skrupel ihr einen einzuführen und sie dann zum Markt zu schicken. Oder sie auf ihre Knie zu befehlen, nachdem sie durch die Tür getreten war, damit sie uns drei abwechselnd einen blies. Mein Schwanz wurde bei dem Gedanken an mein Sperma auf ihrer Zunge hart, wie sie es anschließend geschluckt hatte, als wäre es ihre liebste Süßigkeit.

Ja, ich war ruiniert. Wie gut, dass sie die nächsten zwei Tage frei hatte, sodass jedes schmutzige Spielchen durchaus eine Möglichkeit war.

Aber Julias Worte brachten mich zum Lächeln und ich warf Gus einen Blick zu.

Er strich mit dem Daumen über seinen Bart und dachte zweifellos daran, dass das, was wir mit Parker gemacht hatten, *alles andere* als romantisch gewesen war. Es war bestenfalls versaut gewesen. Mir lief das Wasser im Mund zusammen, so dringend wollte ich ihre Pussy wieder schmecken. Ich erinnerte mich daran, wie sich ihre inneren Wände um meine Finger zusammengezogen hatten, als sie zum ersten Mal gekommen war oder später, als ich bis zu den Eiern in ihrem engen Arsch gesteckt hatte. Mein Schwanz wollte wieder in ihr sein.

„Ich erhebe nicht allein Anspruch auf sie, das weißt du", erklärte Gus ihr.

Sie stellte den letzten Teller ab, dann wandte sie sich uns zu. Lächelte, wenn auch ein wenig wehmütig. „Ich weiß. Ich bin froh, dass ihr drei zusammen jemanden gefunden habt. Ihr habt eine ganze Weile gewartet."

Soweit ich wusste, datete Julia niemanden. Sie war mit ein paar Kerlen ausgegangen – Gus hatte sich über die harmlosen Dinner-und-Kino-Dates, auf die sie gegangen war, aufgeregt – aber keiner war geblieben. Keiner war es wert gewesen, zu einem Sonntagsdinner mitgebracht zu werden. Zweifelsohne wollte sie selbst Den Einen finden, insbesondere weil ihre drei Brüder ihre Frauen gefunden hatten. Ich lächelte, weil mir bewusst wurde, dass das der Wahrheit entsprach. Gus hatte seine Frau gefunden und sie gehörte auch zu mir und Poe. Wir waren ihr erst gestern zum ersten Mal begegnet und dennoch war sie die Unsere. Für immer.

Ich wollte Julia umarmen, ihr sagen, dass sich das Warten auf den richtigen Kerl lohnte, dass der Richtige sie wie eine Königin behandeln würde oder ihre Brüder zusammen mit Jed, Colton, Poe und mir ihn windelweich prügeln würden. Sie wusste das, wahrscheinlich lastete allein dieser Druck schwer auf ihr, denn jeder Kerl, der sie wollte, würde ihr so sehr verfallen sein müssen, dass es ihm egal war, was wir alle mit ihm anstellen würden. Denn wenn er auch nur einen schmutzigen Gedanken über Julia hegte, oder, Gott bewahre, sie berührte, würde ihm die Hand vom Handgelenk gerissen werden. Und wenn er auch nur die Hälfte der versauten Sachen, die wir mit Parker machten, in Erwägung zog...würde er irgendwo auf der Ranch verscharrt und nie wieder gesehen werden.

Aber ich wollte sie nicht in Verlegenheit bringen, ihren Brüdern aufzeigen, dass sie sich selbst Romantik wünschte, also tat ich nichts.

Julia ging wieder nach drinnen. Jetzt waren nur noch wir Männer auf der Terrasse. Die Frauen waren in der Küche. Sie hatten das Grillen den Männern überlassen, obwohl ich mir sicher war, dass sie das selbst sehr gut hingekriegt hätten. Gus, Colton und Jed entspannten sich auf den Adirondack-Gartenstühlen, während Tucker und Duke am Grill standen – nicht, dass das ein zwei-Mann-Job wäre. Poe lehnte an der Brüstung.

„Ich bin überrascht, dass ihr überhaupt hier seid", sagte Tucker, der gerade den Deckel des Grills hochhob und ein brutzelndes Steak wendete. Sein Spitzname war zwar T-Bone, doch er wurde nicht wegen des Rindfleischs, das seine Ranch hervorbrachte, so genannt. Oh nein. Ich bezweifelte nicht, dass der gut befriedigte Ausdruck auf Avas Gesicht bedeutete, dass sein Schwanz ein ernst zu nehmendes Stück Fleisch war. Und Colton ließ bestimmt auch nicht zu wünschen übrig.

„Hat sie sich im Morgengrauen davongestohlen, weil ihr sie nicht befriedigt habt? Ich hatte gedacht, dass sie bei euch dreien wenigstens *ein wenig* Vergnügen erhalten würde", frotzelte Duke, wobei er drei Finger hochhielt.

„Ja, kleiner Bruder. Wenn du ihre Klit nicht finden kannst, da gibt es Videos online", fügte Tucker mit einem Grinsen an.

Gus starrte seine Brüder nur an, da er eindeutig gelernt hatte, ihnen nicht noch mehr Munition für ihre Scherze zu liefern.

„Ihr hattet Parker Drew zwischen euch und habt sie zur

Arbeit gehen lassen", machte Jed weiter. „Kann sie überhaupt noch richtig laufen, nachdem sie es mit drei Schwänzen aufgenommen hat?"

Gus grinste und Poe schaute finster drein.

„Ich werde nicht einmal darüber reden, wie uns Parker nimmt. Ihr Duke Jungs könnt gerne dumme Sprüche klopfen und Witze reißen", grummelte Poe. „Aber, dass sie heute Morgen losgezogen ist, um der verdammte Sheriff zu sein? Nicht meine erste Wahl." Er ging zur Kühlbox und schnappte sich eine Sodadose.

„Ich dachte, Parker wäre diejenige, die etwas im Hintern hätte, aber du Poe?", fragte Tucker. Sie mochten zwar sticheln und sich über unser Sexleben lustig machen, aber das waren nur brüderliche Foppereien. Keiner der Jungs würde jemals eine Frau wegen ihrer sexuellen Wünsche geringschätzig behandeln. Und auch wenn Parker in der letzten Nacht meinen Schwanz tief in ihrem Arsch gehabt hatte, würden wir drei das niemandem verraten. Er zog Poe nur auf. Die Witze drehten sich immer um die Leistung des Kerls, nicht um die der Frau. Sie konnte mit so viel wilder Hemmungslosigkeit ficken wie jeder Kerl.

Poe stand auf, zeigte Tucker den Mittelfinger, dann öffnete er die Dose. „Wenn es um Ava geht, hast du einen ausgeprägten Beschützerinstinkt. Würdest du sie Parkers Job machen lassen?"

Tuckers Lächeln verblasste und er dachte einen Moment nach, blickte sogar zu Colton. Dann sah er zu Poe und nickte. „Hab's kapiert."

„Sie ist die Unsere, keine Frage", begann Gus. Er saß in einem der Adirondack-Stühle mit einem Glas Eistee in der Hand.

Ich wusste, dass Tucker und Colton Ava nur einmal gesehen und gleich gewusst hatten, dass sie die Ihre sein würde. Duke und Jed hatten durch die Bar hinweg einen Blick auf Kaitlyn erhascht und waren ihr verfallen. Dass wir Parker gestern zum ersten Mal gesehen, sie vergangene Nacht gründlich durchgevögelt hatten und heute sagten, dass sie die Unsere war, war also nichts Außergewöhnliches.

„Aber sie hat einen Job", fuhr Gus fort. „Einen Wichtigen. Verantwortung. Ihr habt Ava auch nicht davon abgehalten, den Seed & Feed zu führen, nachdem sie endlich Ja zu euch gesagt und zugestimmt hat, mich euch zweien zusammen zu sein."

„Und Kaitlyn arbeitet nach wie vor in der Bücherei", fügte ich hinzu. „Wo wir gerade davon sprechen, nicht mehr laufen zu können, ihr habt sie auch ab und zu aus eurem Bett gelassen."

Ich glaubte zwar nicht, dass Duke und Jed darauf standen, dass sich Kaitlyn ihnen unterwarf, aber sie waren dominante Männer und ich zweifelte nicht daran, dass sie im Schlafzimmer das Sagen hatten. Allerdings definitiv nicht in dem Ausmaß, wie es Parker brauchte.

Jed grinste. „Aber sie hat den Job im Hotel gekündigt. Zuerst war sie nicht begeistert, dass wir ihr finanziell unter die Arme greifen, aber dadurch, dass sie ihr Haus hergerichtet hat und es vermieten konnte, hat sie jetzt das Gefühl, dass sie selbst für sich aufkommen könnte. Dass sie wieder auf eigenen Beinen stehen könnte."

„Nicht, dass sie das jemals wieder tun müsste", ergänzte Duke.

Ich konnte verstehen, warum Kaitlyn sich finanziell nicht auf einen Mann verlassen wollte, vor allem weil ihr Dad ein besoffener Taugenichts gewesen war...und Schlimmeres, nach Gus Erzählungen zu urteilen. Aber ich kannte Duke und Jed. Sie war die Ihre und sie hatten null Absichten, sie wieder gehen zu lassen. Jemals.

„Und Parker ist der Sheriff", sagte Tucker und schloss den Grilldeckel. Rauch drang aus dessen kleinen Lüftungsschlitzen. „Sie wird sich auf keinen Fall von euch dreien ihr Leben diktieren lassen. Zum Henker, sie wird euch wahrscheinlich tasern, wenn ihr es auch nur versucht."

„Wenn es ihren Namen vom Wahlzettel streicht und sie dazu bringt, ihre Marke an Hogan oder Beirstad weiterzugeben, würde ich mich von ihr tasern lassen", entgegnete Poe. Die Männer beäugten ihn, aber sagten nichts, da sie offensichtlich erkannten, wie ernst es ihm damit war, dass sie ihren Job kündigte und jemand anderem überließ.

Die Erwähnung von Beirstad sorgte für grimmige Gesichter bei Duke und Jed. Es war jedoch nicht Roger – derjenige, der Kaitlyn nachgestellt hatte – der sich für die Stelle als Sheriff bewarb, sondern sein älterer Bruder Mark.

Ich wollte nicht, dass Parker der Sheriff war. Das lag nicht daran, dass ich sie für unqualifiziert oder nicht gut genug in ihrem Job hielt. Aber schlimme Dinge passierten. Die möglichen Gefahren, denen sie sich stellen musste, bereiteten mir Bauchschmerzen.

Poe stand mit seiner Meinung nicht allein da. Aber Parker war nicht die Art Frau, die sich von einem Mann abhängig machte. Sie mochte uns zwar im Schlafzimmer – oder sogar in der Dusche – die Kontrolle überlassen, aber ansonsten behielt sie sie. Sie würde sich auf keinen Fall von uns ihr Leben diktieren lassen, wie Tucker so schön gesagt hatte. Wenn sie ihren Namen auf den Wahlzettel für das Amt des Sheriffs setzen wollte, würden wir sie dabei unterstützen müssen. Ich warf Poe einen Blick zu, denn ich war mir nicht sicher, wie er das aufnehmen würde.

„Sie ist klug, um eine Anwältin sein zu können, *wirklich* verflucht klug", ergänzte Poe. „Es gibt eine Menge anderer

Jobs dort draußen. Jobs, bei denen man keine Pistole zur Sicherheit mit sich führen muss."

„Sie könnte mit Porter reden", schlug Duke vor. „Er ist der Staatsanwalt und hat seine Kanzlei in Clayton."

Poe runzelte die Stirn und sah zu Duke. „Ist das euer Cousin?", fragte er.

„Er ist zwei Jahre älter als ich. Wuchs mit uns auf. Seine Mom und unsere Mom sind Schwestern."

„Piss ihr nicht ans Bein, Poe", warnte Gus. „Sie hat hart für diesen Job gearbeitet. Für das, was sie sich aufgebaut hat. Wenn es das ist, was sie will, müssen wir das alle respektieren." Er fasste auch die anderen in den Blick, ehe er seine Aufmerksamkeit Poe widmete. „Würde es dir gefallen, wenn sie dir sagt, du sollst aufhören als Tierarzt zu praktizieren, weil du bei der Arbeit mit Pferden getreten werden könntest?"

„Wenn ein Pferd eine Pistole bei sich führt, dann können wir reden", konterte Poe.

Unsere Aufmerksamkeit wurde von dem Geräusch eines herannahenden Wagens abgelenkt, der neben den anderen parkte. Parkers Sheriff SUV.

„Ist das ein Hund auf dem Beifahrersitz?", fragte Duke mit den Händen in den Hüften. „Ich wusste nicht, dass sie jetzt auch eine Hundestaffel haben."

„Haben sie nicht." Ich grinste Parkers neue Weggefährtin an. Sie mochte keinen Hund wollen oder sich selbst nicht als Hundemensch betrachten, aber sie hatte jetzt einen. Honey befand sich auf dem Beifahrersitz, wo sie saß, als wäre sie Parkers Partnerin. Die Ohren gespitzt, die Zunge hing heraus.

„Das ist Honey", sagte Gus."

„So nennt ihr sie?", fragte Jed. „Ich nenne Kaitlyn manchmal Zuckerstück."

„Der Hund, du Depp", sagte ich, als ich an ihm vorbeilief. „Aber sie schmeckt wie Honig." Ich ging den kleinen Weg hinunter und zu Parker. Poe war mir zuvorgekommen und öffnete ihr bereits die Tür, bevor sie es selbst tun konnte. Sobald sie ausstieg, folgte Honey ihr und trabte dann davon, um die Gegend zu erkunden. Poe hingegen zog Parker in seine Arme und küsste sie. Es war der gierige Kuss eines Mannes, der eine Frau wollte. Aber ein offenkundiger Hauch Verzweiflung lag auch darin, als ob er sie an sich drückte, um sich zu vergewissern, dass es ihr gut ging.

10

 ARKER

„Erzähl, Mädel", verlangte Julia, als ich mich den Frauen in der Küche anschloss. Der Duft von Grillfleisch folgte mir ins Haus. Auf der Granitarbeitsplatte ausgebreitet befanden sich Teller mit Brötchen, Flaschen mit Soßen, eine Schüssel Chips und ein Schongarer, in dem etwas blubberte. Dem Geruch nach zu urteilen, tippte ich auf weiße Bohnen in Tomatensoße.

Ich sah zwischen den dreien hin und her. Julia Duke hatte wunderschöne rote Haare – woher sie die hatte, wusste ich nicht, da sie keinem ihrer Brüder ähnelte – und ein freundliches Grinsen. Kaitlyn schob ihre Brille die Nase hoch und schmunzelte sanft, als hätte sie ein Geheimnis. Ava sah mit ihren blonden Haaren, die sich in hübschen Locken über ihren Rücken wellten, und ihren knallrot lackierten Fingernägeln sehr glamourös aus.

Ich hatte zwei Tage frei, außer es geschahen irgendwelche unvorhersehbare Katastrophen, und wollte mich einfach entspannen und das Abendessen genießen. Ich hatte Gus' Brüder und Schwester seit der Highschool nicht mehr gesehen und war den anderen noch nie begegnet. Der erste Eindruck war wichtig und ich war davon ausgegangen, dass ein T-Shirt und Jeans besser waren als eine Uniform.

Aber meine glatten Haare waren nur mit einem Gummiband, das ich auf meinem Schreibtisch gefunden hatte, zusammengebunden und ich trug absolut kein Makeup. Als ich mir Ava so anschaute, fühlte ich mich wahnsinnig unweiblich. Und da berücksichtigte ich noch nicht einmal, dass ich mehrere Zentimeter größer und vielleicht vierzig Pfund schwerer war als die drei. Ich war bereit für das Roller-Derby, während sie bereit für einen Tag im Shoppingcenter waren.

Ich hatte meinen Waffengürtel abgelegt und meine Dienstwaffe in das Schließfach im SUV eingeschlossen. Ich hatte sogar – sehr zur Freude von Poe, Kemp und Gus – mein Uniformhemd abgelegt. Sie hatten wie Lustmolche gewirkt, wie sie so neben dem SUV gestanden hatten, während ich die Knöpfe geöffnet hatte. Als jedoch kein gewagter BH und nackte Haut entblößt worden waren, sondern ein schlichtes weißes T-Shirt, hatten sie wie traurige kleine Jungs gewirkt.

„Was genau soll ich erzählen?", fragte ich.

„Ich dachte, Poe sei Tierarzt. Mir war nicht klar, dass er auch bei Menschen die Mandeln untersucht", erwiderte Kaitlyn, wobei sie mit den Augenbrauen wackelte. „Mit seiner Zunge."

Ich errötete. Ich konnte es spüren. Niemandem war entgangen, wie er mich mehr oder weniger verschlungen hatte. Gott, er war der Intensive der drei. Die Tatsache, dass er heute Morgen mit sorgfältiger Gewissenhaftigkeit meine

Pussy glattrasiert und anschließend in der Dusche gevögelt hatte, war ein gutes Beispiel dafür. Er war auch grüblerisch und wachsam. Bedürftig auf eine Weise, die ich noch nicht so ganz verstand, aber die fast greifbar war. Es war, als würde er sich geradezu verzweifelt nach mir sehnen. Oh, Gus und Kemp sehnten sich auch nach mir, ihre Schwänze waren hart und begierig, in mich zu gelangen. Aber bei Poe war da noch etwas anderes. Ich verstand es nur noch nicht. Aber das war in Ordnung. Ich mochte es...was auch immer *es* war.

Er roch so gut und ich erinnerte mich daran, wie ich seinen sauberen Duft zusammen mit dem durchdringenden Geruch von Sex eingeatmet hatte. Den Geruch meiner Erregung, seines Spermas, obwohl er ein Kondom damit gefüllt hatte anstatt meine Pussy.

Ich presste meine Schenkel zusammen, spürte, wie glatt ich mich anfühlte, nun da ich dort unten völlig nackt war. Ich war auch feucht. Immer noch.

„Ich habe zwei Männer, um die ich mich kümmern muss. Wie du das bei dreien schaffst...", sagte Ava, während sie zum Kühlschrank ging und ein Glas Essiggurken herausholte und es Julia reichte.

Ich zuckte mit den Schultern. „Ich, ähm...kenne den Unterschied nicht. Es ist ja nicht so, als hätte ich so was schon mal gemacht. Aber sie sind schon ein großes Stück Arbeit."

Julia hielt sich die Hände über die Ohren. „Ein großes Stück? Ich will so was nicht über meinen Bruder hören!"

Ich starrte sie mit großen Augen an, war eine Sekunde verwirrt. Dann lachten Kaitlyn, Ava und ich. Ava nahm eine von Julias Händen und zog sie nach unten. „Sie hat nicht über die Größe von Gus' Schwanz geredet." Sie warf mir einen verschmitzten Blick zu. „Aber ich bin mir sicher, dass sein bestes Stück ziemlich groß ist."

Julia stöhnte.

„Sie hat davon geredet, wie anstrengend es sein kann, es mit drei Männern aufzunehmen", stellte Kaitlyn klar. „Sie sind stur. Herrisch."

„Eigensinnig", fügte Ava hinzu.

„Alphas", erwiderte Kaitlyn.

„Dominant", schlug ich vor.

Sie starrten mich an und Ava grinste. Sie kam zu mir, tätschelte mir den Arm. „Dominante, herrische Alphas mal drei. Gut gemacht."

„Du redest, als würden Tucker und Colton dich nicht fesseln und über dich herfallen", sagte Julia, die gerade das Gurkenglas öffnete.

Ava legte ihre Hand auf die Brust. „Ich? Was ist mit der kleinen Miss Pervers hier drüben? Sie hat mit Duke und Jed etwas *auf der Bühne* einer männlichen Stripshow angefangen. Und sie kannte nicht einmal ihre Namen."

Mein Mund klappte auf. Kaitlyn, die Bibliothekarin? Nicht nur bei einer Stripshow, sondern *auf der Bühne*? Dann dachte ich an Duke und Jed draußen in ihren Jeans und Hemden, die sie wirklich gut ausfüllten. Ich konnte ihr keinen Vorwurf machen. Zum Teufel, ich hatte mich in einer Tierarztpraxis vornübergebeugt und drei Männern meinen Arsch gezeigt.

„Also ist es nicht verrückt, dass ich Gus gestern nach all dieser Zeit zum ersten Mal wiedergesehen habe und ich Poe und Kemp davor noch nicht einmal getroffen hatte? Ich meine, sie reden hier von einer Langzeit-Beziehung und es sind erst", ich schaute auf meine Uhr, „dreißig Stunden vergangen."

„Willkommen im Club der Männer, die wissen, was sie wollen – "

„Wohl eher, *wen* sie wollen", warf Kaitlyn ein.

„ – und sich darum bemühen. Es sich holen. Und nie mehr gehen lassen."

So wie Ava redete, hörte es sich an, als wäre ihr das Gleiche passiert. Als sie ihre linke Hand hochhielt und einen Verlobungsring mit einem großen Diamanten aufblitzen ließ, hatte ich meine Antwort.

Waren Tucker und Colton auch so schnell so entschlossen, so ernst gewesen? Nach Kaitlyns Nicken und dem zu schließen, dass Ava erzählt hatte, dass sie nackten Spaß miteinander gehabt hatten, ohne ihre Namen zu kennen... waren Duke und Jed genauso.

„Ist das ein Duke-Ding? Lust auf den ersten Blick? Ich meine, es ist schnell. Ihr habt Poe und die Tonsillektomie gesehen. Ich habe ihn erst gestern kennengelernt. Und die Sachen, die wir gestern Abend...und heute Morgen gemacht haben..."

Ich errötete und die Frauen grinsten. Ava gab mir sogar ein High-Five.

Gus hatte gesagt, dass er mich schon immer geliebt hatte. Das machte zumindest etwas Sinn, weil wir einander gedatet, einander gekannt hatten, bevor wir Sex gehabt hatten. Aber Kemp und Poe? Zehn Minuten mit ihnen und ich hatte meine Jeans meine Schenkel hinab geschoben und dicke Streifen von Gus' Sperma auf meinem Po gehabt. Weitere sechs Stunden später und sie waren tief in mir gewesen.

Wir sahen zu Julia, die ihre Hände hochhielt. „Hey, schaut mich nicht an. Ich habe nicht einmal einen Kerl, geschweige denn zwei. Oder *drei*."

„Es ist definitiv ein Duke-Ding", meinte Kaitlyn. „Und

geh nicht so hart mit dir ins Gericht. Du verdienst es, dir zu nehmen, was du willst. Wenn das drei Schwänze sind, dann schnapp dir welche."

„Kaitlyn!", stöhnte Julia.

„Sie hat recht", fügte Ava hinzu und ignorierte Julia. „Männern ist es erlaubt, zu vögeln, wen sie wollen, wann sie wollen. Ein Quickie mit einer Fremden auf den Toiletten der Bar. Aber Frauen? Absoluter Doppelstandard. Ich weiß allerdings, dass Gus, Kemp und Poe nicht so hinter dir her wären, wie sie es sind, wenn sie keine langfristige Beziehung im Kopf hätten."

„Die Duke Jungs sind Ein-Frau Männer", erklärte mir Kaitlyn.

Dadurch fühlte ich mich etwas besser. Ein bisschen weniger wie ein Flittchen. Ein Flittchen, das die beste Nacht ihres Lebens hatte. Mit drei Männern. Mit drei wirklich großen Schwänzen. Und sie wussten genau, wie sie sie benutzen mussten. Und ihre Hände. Oh Gott, und ihre Zungen. Ich war etwas wund und verspürte ein leichtes Ziepen, weil sie mich so gründlich genommen hatten. Wieder und wieder und wieder.

„Nun, trotz der Tatsache, dass du mit meinem Bruder schläfst, bin ich froh, dass du hier bist", verkündete Julia und riss mich aus meinen perversen Gedanken.

„Ich schlafe mit deinem anderen Bruder", erinnerte Ava sie.

„Und ich schlafe mit dem anderen", fügte Kaitlyn hinzu.

Julia verdrehte die Augen. „Schön. Ich kapier's. Meine Brüder haben ein Sexleben und ich habe keins. Lasst uns über etwas anderes reden."

Alle drei wandten sich mir zu.

Ich seufzte. „Was wollt ihr wissen?"

„Willst du etwas zu trinken?", fragte Ava.

„Das ist eine leichte Frage", konterte ich lächelnd. „Wasser wäre toll."

„Ich kann mich noch von der Highschool an dich erinnern. Ich war in der zehnten Klasse, als du angefangen hast, Gus zu daten", sagte Julia.

Ich nickte. „Ich erinnere mich. Du hast Klarinette gespielt."

Entsetzen huschte über Julias Gesicht. „Ich werde dir eine Million Dollar zahlen, damit du das nie wieder erwähnst."

Ich lachte, als Ava mir ein Glas Eiswasser reichte. „Was? Du hast wirklich gut gespielt."

„Schön, wenn Geld nicht funktioniert, werde ich eben deine beste Freundin."

„Oh, na gut, in diesem Fall. Ich werde nie mehr wieder irgendetwas über ein Musikinstrument sagen."

Ava verdrehte die Augen und öffnete eine Packung Hot Dog Brötchen.

„Wir haben genug, meinst du nicht?", fragte Kaitlyn und schaute auf die Brötchen, die sich bereits auf dem Teller türmten.

Mit ihrer freien Hand deutete Ava auf die Fensterwand, durch die man auf die Terrasse, sowie die Ranch und die Szenerie dahinter sehen konnte. „Dort draußen sind sieben Männer."

„Richtig. Vergiss, dass ich gefragt hab."

„Du bist zurückgezogen, um die Sheriffstelle zu besetzen", sagte Julia. „Das ist ziemlich aufregend."

Mein Handy klingelte in meiner Gesäßtasche und ich zog es heraus, während ich ihr antwortete. „Ich bin zurückgezogen, um näher bei meiner Mom zu sein. Sie hat jetzt Diabetes und ich habe mir Sorgen gemacht, dass ihr niemand damit hilft." Ich warf einen Blick auf den Bildschirm. „Wenn man von der Sonne spricht. Das ist sie. Entschuldigt mich, ich muss mich vergewissern, dass es ihr gut geht." Ich wischte über den Bildschirm, dann hielt ich das Telefon an mein Ohr. „Hi, Momma."

„Keine Sorge, mir geht's gut. Der Zucker ist bei einundvierzig. Es geht um etwas anderes und ich wollte, dass du es zuerst von mir erfährst", sagte sie.

„Was?" Ich war erleichtert, dass ihr Zuckerlevel in Ordnung war, aber ich fürchtete mich vor dem, was sie als Nächstes sagen würde.

Ich hörte sie seufzen.

„Mir wurde gekündigt."

Was? „Von der Zahnarztpraxis? Er kann sich doch unmöglich verkleinern müssen."

Ich dachte an Roger Beirstad. Er war zwar eine absolute Arschgeige, aber er war einer der einzigen Zahnärzte in der Stadt.

„Er meinte, ich würde nicht mehr zu seiner Praxis passen."

Ich funkelte den Hartholzboden böse an. „Hat er gesagt warum?"

„Tatsächlich hat er mir gesagt, ich solle dich fragen. Aber das ergibt keinen Sinn. Wenigstens hat er mich nicht gefeuert."

Sie klang niedergeschlagen und ich konnte ihr keinen Vorwurf deswegen machen. Sie hatte dort über ein Jahrzehnt gearbeitet. Sie hatte nicht nur für Beirstad das Büro geschmissen, sondern auch für den alten Zahnarzt, der ihm die Praxis verkauft hatte. Sie konnte zwar keine Zähne reinigen, aber sie wusste mehr über dieses Büro als jeder andere.

Aber was hatte ich mit ihrem Job zu tun? Ich war noch nicht so lange in der Stadt, als dass ich eine Zahnreinigung gebraucht hätte. Sie hatte ihre Arbeit in der Praxis begonnen, direkt nachdem ich aufs College gegangen war. Ich war während der Ferien oder langen Wochenenden zu Besuch zurückgekommen, aber nichts davon hätte eine Kündigung auslösen können.

„Er kann dich nicht einfach *feuern*", widersprach ich. Nun, er konnte. Montana war ein „at will"-Staat, was bedeutete, dass ein Arbeitgeber keinen triftigen Grund haben musste, um jemanden zu feuern, aber Raines war eine Kleinstadt. Neuigkeiten sprachen sich schnell herum.

„Nun, ich bin zumindest froh, dass er mir eine kleine Abfindung gezahlt hat."

Sie nannte mir die Summe und ich war angepisst. Für eine Beschäftigung über ein Jahrzehnt hätte sie mindestens zweimal so viel erhalten sollen. Aber das sagte ich ihr nicht. Was hätte es schon gebracht, außer, dass sie sich noch mehr aufgeregt hätte?

„Momma, geht es dir im Moment gut? Ich bin auf der Duke Ranch, aber ich kann vorbeikommen, falls du mich brauchst."

„Die Duke Ranch? Triffst du dich wieder mit Gus Duke?"

„So was in der Art", antwortete ich neutral. Jetzt war nicht der Zeitpunkt, um mich über diese komplexe Sache auszulassen und ich würde ihr auf keinen Fall von letzter Nacht erzählen. Oder dem heutigen Morgen in der Dusche.

„Oh, wie schön. Nein, mir geht's gut. Wirklich." Außer, dass sie keinen Job mehr hatte und für Insulin und andere Diabetik-Mittel bezahlen musste.

„Nun, ich melde mich wieder bei dir, wenn ich hier fertig bin."

„In Ordnung. Ich hab dich lieb."

„Ich hab dich auch lieb."

Ich beendete das Gespräch und sah hoch. Kaitlyn, Ava und Julia starrten mich an, hatten offenkundig mitgehört.

„Roger Beirstad hat meiner Mutter gekündigt. Sie war seine Bürokraft", erzählte ich ihnen. Als ob Momma nicht schon genug Probleme hatte. Das hatte gerade noch gefehlt. Ich konnte ihr finanziell unter die Arme greifen, wenn es nötig wurde, weil ich ziemlich viel gespart hatte, aber keiner von uns wollte das. Jobs waren in einer Kleinstadt wie Raines jedoch rar gesät.

„Warum?", fragte Ava stirnrunzelnd.

Ich zuckte mit den Achseln. „Sie meinte, er hätte behauptet, sie würde nicht länger in die Praxis passen. Hat etwas mit mir zu tun."

11

ARKER

„Was soll das überhaupt heißen? Ooh, ich hasse diesen Kerl", sagte Kaitlyn.

Sie erzählte mir von ihrem einzigen Date mit ihm, wie degradierend und unhöflich er gewesen war. Dass sie ihn abgewiesen hatte, aber er es sich eines Nachts zur Aufgabe gemacht hatte, den Versuch zu unternehmen, sie vor allen Leuten im Cassidy's – Jeds Bar im Stadtzentrum – zu blamieren. Es muss wohl nicht erwähnt werden, dass die Duke Familie diesem Mist ziemlich schnell ein Ende bereitet hatte.

Ich hatte davon nichts gehört, aber Roger Beirstad hatte nichts Gesetzeswidriges getan, also hatten sich unsere Wege nicht gekreuzt.

Kaitlyn stürmte zur Hintertür und ging nach draußen zu Duke und Jed. Wir beobachteten, wie Duke sie in eine Umarmung zog.

„Sie gehen wirklich behutsam mit ihr um", merkte Julia an. „Sie hatte eine schwere Zeit. Mit ihrem Dad und allem."

Meine Verwirrung musste sichtbar gewesen sein, denn sie fügte hinzu: „Ihr Dad ist der Mann, der meine Eltern bei dem Unfall mit Fahrerflucht verletzt hat."

Mein Mund klappte auf. „Heilige Scheiße." Ich erinnerte mich an den Unfall. Das taten wahrscheinlich alle in der Stadt, die älter als zwanzig waren.

„Was Roger Beirstad angeht", fuhr Julia fort. „Er ist ein absolutes Arschloch und er bringt sie immer wieder aus der Fassung."

„Sie geben ihr, was sie braucht", ergänzte Ava. „Duke und Jed."

Kemp hatte mir erzählt, dass er, Poe und Gus mir geben würden, was ich brauchte, aber das hier war etwas völlig anderes. Kaitlyn brauchte Trost, keinen Sex. Und die Art und Weise, mit der Duke – so groß wie er war – sie so vorsichtig hielt, als wäre sie das Kostbarste in der ganzen weiten Welt, war wundervoll zu beobachten.

„Ich bin auf der Suche nach einer Angestellten", sagte Ava und riss mich aus meinen Gedanken.

Ich starrte sie mit großen Augen an. „Was?"

„Ich wohne mehr oder weniger dauerhaft hier", sagte sie. Sie wedelte mit der Hand durch die Luft, um auf das Ranch-Haus hinzuweisen. „Der Winter steht vor der Tür und Tucker und Colton sind nicht gerade begeistert davon, dass ich jeden Tag die Straßen in die Stadt fahre. Es wäre schön, jemanden zu haben, der in der Nähe des Ladens wohnt und ein paar Schichten übernehmen kann. Der da sein kann, wenn ich nicht zum Laden kommen kann."

„Wow, Ava", erwiderte ich. „Ich kann nicht für meine Mom sprechen, aber das Angebot klingt super. Vielleicht wäre etwas anderes genau das, was sie braucht."

„Sag ihr, sie soll mich im Laden anrufen und wir können uns treffen. Wenn sie es so lange mit Roger Beirstad ausgehalten hat, kann sie auch den Seed & Feed schmeißen. Zum Geier, sie kennt wahrscheinlich meine Kunden – und ihre Zähne – besser als ich."

Poe kam herein, ragte über Julia und Ava auf, aber schaute zu mir. Seine Intensität war wie etwas Lebendiges, das ihn summend umgab. „Geht's deiner Mom gut? Wir haben gehört, was passiert ist."

Ich zuckte mit den Achseln. „Ich schätze schon. Sie ist überrascht und verwirrt."

„Und du?" Sein Blick wanderte über mich, als wäre ich körperlich verletzt worden.

Ich legte die Hände in die Hüften, seufzte. „Ich bin sauer. Sie sagte, ich würde wissen, warum ihr gekündigt wurde."

Er runzelte die Stirn. „Du weißt, warum ihr gekündigt wurde oder du bist der Grund für die Kündigung?"

Ich öffnete meinen Mund, um zu antworten, aber nahm mir dann einen Moment zum Nachdenken. „Oh Scheiße. Du denkst, dass Roger meiner Mom wegen uns gekündigt hat? Ich habe euch *gestern* zum ersten Mal getroffen."

Er zuckte seine breiten Schultern und schwieg.

Ich war wütend für Momma gewesen, wütend, dass Roger so ein Vollpfosten war, aber jetzt bei dem, was Poe andeutete, reichte meine Wut sogar noch viel tiefer. Roger, den ich nicht einmal kannte, hasste mich so sehr, dass er das Beschäftigungsverhältnis mit meiner Mutter beendet hatte.

„Ich bin nicht gut für dich", sagte er.

Ich schaute zu ihm, dann zu Ava und Julia. Ich warf ihnen einen *was zum Teufel?* Blick zu. Julia starrte ihn mit großen Augen an und Ava zuckte nur mit den Achseln in meine Richtung.

Ich blinzelte ihn ein paar Mal an, ehe ich schließlich antwortete: „Was?"

„Wie du gesagt hast, ist es erst einen Tag her, dass wir zusammen sind. Schau nur, was passiert ist. Stell dir vor, was los ist, wenn es die ganze Stadt herausfindet. Und das wird sie."

„Was herausfindet? Dass ich Sex mit drei Männern habe?", schrie ich mehr oder weniger.

Seine Augen wurden schmal und sein Kiefer spannte sich an. „Entschuldigt uns, Ladies", sagte er, nahm meinen Arm und führte mich durch das Wohnzimmer in ein Büro auf der anderen Seite des Hauses. Er schloss die Tür hinter mir, um uns etwas Privatsphäre zu verschaffen.

„Du hast nicht nur Sex mit drei Männern, du bist *in einer Beziehung*", stellte er klar und verschränkte die Arme vor seiner breiten Brust. „Das zwischen uns ist mehr als Vögeln und du weißt das."

Ich seufzte erleichtert. Ich wusste es, aber es tat gut, dass Poe es laut aussprach. Der Kuss, den er mir bei meiner Ankunft heute gegeben hatte, war nicht der Kuss eines Mannes gewesen, der vorhatte, einen zu vögeln und zu vergessen. Er war viel mehr so gewesen, als würde er mich sich einprägen. Aber ich fühlte mich besser, nachdem ich es tatsächlich gehört hatte.

Kemp und Gus traten in das Zimmer, schlossen die Tür hinter sich, aber nicht bevor sich Honey an ihnen vorbei und zu mir gestohlen hatte. Sie setzte sich und lehnte sich an mich, platzierte ihren Körper zwischen mir und Poe, als würde sie versuchen, mich vor ihm zu beschützen.

„Was ist los?", fragte Gus.

Ich griff nach unten, streichelte der Hündin den Kopf

und verschränkte anschließend die Arme vor meiner Brust. „Poe behauptet, dass er nicht gut für mich ist. Trotzdem hat er mich gefickt. Also du wolltest was? Zum Schuss kommen, bevor du dem hier", ich fuchtelte mit der Hand durch die Luft, um auf uns alle hinzudeuten, „den Rücken kehrst?"

Poe sah mich aus schmalen Augen an. „Das ist pure Aufmüpfigkeit und dafür solltest du übers Knie gelegt werden."

Ich legte meine Hand auf die Brust. „*Ich* sollte übers Knie gelegt werden?" Mir kam wahrscheinlich Rauch aus den Ohren. Wenn Poes Ziel war, meine Wut auf Roger Beirstad auf sich umzulenken, dann hatte er es erreicht.

„Spiel das, was zwischen uns ist, nicht einfach so herunter", konterte er und schwang mit der Hand durch die Luft. „Letzte Nacht, das war nicht nur Sex. Es war unser erstes Mal. Unser *letztes* erstes Mal."

Das war total romantisch und zweifellos würde Julia bei diesen Worten dahinschmelzen. Aber er hatte nicht versucht, das zu erreichen, hatte nicht einmal bemerkt, dass er etwas so Tiefsinniges gesagt hatte. Die Heftigkeit hinter seinen Worten, veranlasste Honey jedoch dazu, leise zu knurren.

Ich streichelte sie wieder und sie leckte meine Hand. „Wovon redest du dann?"

Kemp fluchte leise. Gus schlug Poe auf den Rücken. „Erzähl es ihr, Trottel, oder ich werde es tun."

Poe hob sein Kinn, schüttelte Gus' Hand ab. „Schön. Ich sagte, dass ich nicht gut für dich wäre. Das bin ich nicht. Ich habe meinen Vater ermordet."

Damit hatte ich nicht gerechnet. Überhaupt nicht. Vielleicht hatte er seine Meinung darüber, mich zu teilen, geändert. Vielleicht fand er, dass sein Schwanz nicht mithalten konnte. Vielleicht fand er...oh, was auch immer. Aber nicht das.

„Du hast deinen Vater ermordet", wiederholte ich. Ich hatte ihn schon beim ersten Mal verstanden, aber mein Gehirn brauchte etwas länger, um diese Worte zu verarbeiten. *Ermordet?*

Poe nickte einmal. „Ich war sechzehn. Ich war im Jugendknast, bis ich mit achtzehn zu alt dafür war. Meine Akte ist verschlossen, weil ich minderjährig war, aber trotzdem. Der Mörder und der Sheriff. Passt nicht gerade gut zusammen, hm? Ich kann deine Karriere ruinieren."

Ich lachte und verdrehte die Augen. „Wie ich die meiner Mutter ruiniert habe?" Ich seufzte. „Dieser Mord. War er vorsätzlich?"

Er nickte wieder.

„Hatte er es verdient?"

Seine Augen weiteten sich, als wäre ihm diese Frage noch nie zuvor gestellt worden.

„Fuck, ja."

Kemp rieb sich frustriert mit der Hand über den Nacken. „Meine Fresse, Poe. Du hast den Teil ausgelassen, in dem dein Dad deine Mom und dich fast zu Tode geprügelt hat. Jahrelang. Du hast ihn getötet – nicht *ermordet* – um sie zu beschützen."

Kein Wunder, dass er gestern so aufgebracht gewesen war, als ich ihm von meinem Einsatz wegen der häuslichen Gewalt erzählt hatte, zu dem ich hatte gehen müssen.

„Warum bist du dann ins Jugendgefängnis gekommen?", wunderte ich mich. Sicher, jemanden umzubringen, war ein schreckliches Verbrechen, vor allem bei einem Minderjährigen, aber die Umstände wurden immer berücksichtigt. Ich kannte Poe erst seit einem Tag, aber er war kein Soziopath oder ein Geistesgestörter, der jemanden ohne Grund getötet hatte.

„Sie haben das Ganze nicht als Notwehr gesehen, weil meine Mom der Polizei erzählte, dass sie hingefallen war. Wieder."

„Dein Dad hat deine Mutter geschlagen, du hast ihn getötet, damit er aufhört", erklärte Kemp. Er klang frustrierter über das, was seinem Freund passiert war, als Poe selbst. „Dann beschützt sie ihren Ehemann, den Misshandler, anstatt ihren Sohn, was die Polizei dazu bringt, Poe wegzusperren."

„Ich hatte schon mit sechzehn diese Größe, vielleicht dreißig Pfund weniger. Ich hatte diese Größe nicht von meinem Dad geerbt."

„Heilige Scheiße", flüsterte ich. Ich stellte mir Poe vor, einen Teenager, wahrscheinlich tollpatschig aufgrund der neugewonnenen Größe. Wütend darüber, dass er die ganze Zeit mit ansehen musste, wie seiner Mutter wehgetan wurde. Stinksauer, dass er auch verprügelt worden war. Schließlich konnte er etwas dagegen unternehmen, konnte sie beschützen. Und obwohl er noch ein Kind gewesen war – mit sechzehn *war* man in den Augen des Gesetzes noch ein Kind – war er groß gewesen. Größer als die meisten Erwachsenen.

„Sie hat sich gegen dich gewandt", sagte ich leise.

Poes Gesichtsausdruck war düster. Wütend. Die Sehnen an seinem Hals traten hervor. „Ja."

Ich überwand die Distanz zwischen uns, schlang meine Arme um ihn. Umarmte ihn fest. Ich spürte seinen Herzschlag an meinem Ohr, sein stoßweises Atmen. Seine angespannten Muskelstränge.

„Denkt irgendjemand in der Stadt schlecht von dir wegen dem, was du getan hast?", fragte ich. Ich konnte sie nicht sehen, aber ich hörte, dass Honey im Kreis um uns lief, ihre kleinen Nägel klackerten auf dem Hartholzboden.

„Niemand außerhalb der Duke Familie weiß es. Kemp. Jetzt du."

„Dann wird es keine Auswirkungen auf meinen Job haben. Und wenn es das würde, würde ich ihnen sagen, sie sollen sich um ihren eigenen Kram kümmern."

„Wirst *du* schlecht von mir denken? Ich meine, du bist Anwältin. Du stehst für Gerechtigkeit. Und du bist ein Cop."

Ich löste mich von ihm und schaute zu ihm hoch. „Ich stehe für Gerechtigkeit. Und es klingt, als hättest du sie verübt."

„Das ist alles?", fragte er überrascht. Seine hellen Augen waren weit aufgerissen, als wäre er verblüfft darüber, dass es so einfach war.

„Ich hab es dir doch gesagt, Trottel", grummelte Kemp leise.

Ich spürte Poe seufzen, dann wie er seine Arme um mich schlang.

„Was den Job meiner Mom betrifft. Wenn Roger ihr wegen uns gekündigt hat, werden wir uns darum kümmern."

„Ja, aber sein Bruder will *deinen* Job", wandte Gus ein, der sich neben mich stellte. Ich sah zu ihm hoch und er legte seine Hand sanft auf meine Schulter. Jetzt war nicht der richtige Zeitpunkt, ihnen zu erzählen, dass ich ab November kein Sheriff mehr wäre. Der Schaden – wenn es wegen Mark war – war bereits angerichtet worden.

„Also hat Roger meiner Mutter gekündigt, als was... Vergeltungsmaßnahme?"

Poe küsste meinen Scheitel, atmete mich ein.

„Engstirnigkeit. Roger hasst die Dukes", entgegnete Gus. „Das weiß jeder in der Stadt. Wenn du also eine Verbindung zu uns hast, dann ist deine Mutter nur ein Kollateralschaden."

„Siehst du?", sagte ich zu Poe. „Du bist es nicht, der schlecht für mich ist. Das ist Gus, weil er ein Duke ist."

Poe lockerte seinen Griff, sah auf mich hinab. Lächelte. Endlich.

„Wie Honey", er streckte seine Hand aus und streichelte sie, „beschütze ich, was mir gehört, Parker. Noch mehr als jeder der anderen Männer. Kannst du damit umgehen?", fragte er.

„Ja."

„Braves Mädchen", entgegnete er und das Lob fühlte sich gut an. „Haben Gus oder Kemp schon deine glatte Pussy gesehen?"

Mein Mund klappte auf. Das nannte ich mal einen Themenwechsel.

„Nein."

„Zeig sie uns, Elfe", verlangte Gus.

Ich sah mich im Raum um. Eine Kreuzung zwischen einem Büro und einer Bücherei, ein großer Schreibtisch in der Mitte. Ich war in jenem Sommer einige Mal in dem Haus gewesen, aber nie in diesem Zimmer. Zweifellos hatte es sich nicht groß verändert seit damals, als es Mr. Duke – Gus' Dad – gehört hatte.

„Hier?"

„Hier", wiederholte Kemp und verschränkte die Arme vor der Brust. „Jetzt."

Ich schluckte, mein Herz raste. Ich liebte die Vorstellung, etwas so Verbotenes zu tun, während sich ein Haufen Leute gerade außerhalb der verschlossenen Tür aufhielt. Und ich war diejenige, die sich vor den Männern nackt auszog – oder zumindest halbnackt – während sie ihre Kleider anbehielten.

Sofort überkam mich eine Ruhe. Stille. Sie wussten, dass es mich erregte, mich vor ihnen zu entblößen, ihnen meine Pussy zu zeigen, die Poe gründlich rasiert hatte. Meine Pussy gehörte ihnen und sie wollten sie sehen.

Ich lief vor Erregung fast aus, denn was würden sie tun, wenn ich nackt war? Ihre Finger in mich tauchen? Mich Vögeln? Gott, ich wollte irgendetwas. *Alles.*

Sie standen vor mir wie drei Titanen, während ich meine Jeans öffnete, sie über meine Hüften schob, wobei ich sicherstellte, dass ich meinen Slip gleich mitnahm. Als sie sich auf Höhe meiner Schenkel befanden, wurden meine Beine von dem Stoff zusammengepresst und sie konnten so gut wie nichts sehen.

Gus schien diese Tatsache nicht zu gefallen. „Dreh dich um und beug dich über den Schreibtisch."

„Braves Mädchen", lobte Kemp, als ich dem Folge leistete. „Arsch raus. Ja, genau so. Jetzt können wir deine glatte Pussy sehen."

„Wir haben das gestern gemacht und heute wieder", sagte Gus. „Vielleicht solltest du das jeden Tag machen, damit du nicht vergisst, was uns gehört."

„Sie ist kein braves Mädchen, sie ist ein böses Mädchen", fügte Poe hinzu und ich schaute über meine Schulter zu ihm. „Sie ist tropfnass. Woran hast du gedacht?"

„Dich", antwortete ich.

„Nur mich?", konterte er.

Ich schüttelte den Kopf. „An euch drei."

„Fuck", fluchte Gus, der seinen Schwanz umfasste, während sich seine Augen wie Laserstrahlen auf meine Pussy richteten.

Nein, er konnte nicht.

„Auf die Knie, Babygirl. Du hast einiges an Sperma zu schlucken."

Oh Scheiße. Es war so schmutzig, so...erniedrigend, ich liebte es.

Das waren nicht nur irgendwelche Schwänze, es waren *meine* Schwänze. Und alle drei waren hart und bedürftig.

Ich kannte das Gefühl.

Ich richtete mich auf und sank dann zu Boden, wobei ich mir nicht die Mühe machte, meine Jeans zurecht zu rücken. Mein nackter Hintern ruhte auf den Absätzen meiner Stiefel.

Alle drei öffneten ihre Hosen, aber Gus trat als erster vor.

Seine Hand vergrub sich in meinen Haaren, als ich ihn so tief ich konnte aufnahm.

„So ein braves Mädchen. Kümmre dich jetzt um deine Männer...fuck", knurrte er, als ich stark saugte. „Und wir werden dich die ganze Nacht belohnen."

Für den Augenblick war das Abendessen mit der Duke Familie vergessen. Wir hatten alle auf etwas anderes Hunger. Ich? Ich hatte drei große Schwänze, die ich schlucken konnte.

12

ARKER

Zwei freie Tage und ich verbrachte sie nackt. Bei drei Männern, war es leicht für sie, das sicherzustellen. Ich war so ziemlich von Bett zu Bett zu Bett gewandert. Oder Sofa zu Bett zu Dusche zu Küchentisch. Ich war vornübergebeugt, zurückgelegt, aufgestützt und auf so viele verschiedene Arten gefickt worden. Sie waren erfinderisch, dominant und unfassbar potent.

Buttplugs und Handschellen, Seile und sogar Schokoladensirup waren bei unserem Spiel zum Einsatz gekommen. Sie hatten mich gemeinsam genommen, sie hatten mich allein einer nach dem anderen genommen, und einmal nur Poe und Kemp, weil Gus seine Eltern vom Flughafen hatte abholen müssen. Ich hatte mich ihnen jedes einzelne Mal unterworfen. Zu sagen, dass sie die Kontrolle übernahmen, wäre eine Untertreibung, aber ich liebte jede Minute davon.

Ich hatte meine Gedanken ruhen lassen können, die

Arbeit vergessen, meine Pflichten, alles. Himmlisch. Himmlische *Orgasmen*.

Aber die Zeit hielt wegen einer neuen Beziehung nicht an. Auf die Männer warteten Tiere, um die sie sich kümmern mussten. Impfungen mussten gespritzt, Hunde kastriert werden.

Ich musste für die Sicherheit einer Stadt sorgen. Nach achtundvierzig Stunden ohne eine Schicht hätte ich entspannt sein sollen, aber nein. Ich brauchte Kaffee. Jede Menge davon. Muskeln, von deren Existenz ich nicht einmal gewusst hatte, schmerzten. Ich sollte nicht einmal richtig laufen können. Trotzdem hatte ich ein Lächeln im Gesicht und lief mit beschwingten Schritten vom Revier zum Coffee Shop, der nur einen Block entfernt war. Ich hatte mich freiwillig gemeldet, den Koffeinnachschub zu besorgen. Honey trottete neben mir her, wahrscheinlich wusste sie, dass sie ein Leckerchen erhalten würde. Sie wusste zwar nicht, wohin wir unterwegs waren, aber die Leute wussten, dass sie meine neue Begleitung war und schienen immer etwas für sie dabei zu haben. Sie war wohl erzogen, aber wenn das so weiter ging, würde sie bis Weihnachten völlig verzogen und so fett wie ein Fass sein.

Das Wetter war recht angenehm für diese Jahreszeit – die Blätter hatten bisher nur einen Hauch Farbe angenommen – und ich hatte mit Porter Duke gesprochen, um mir bestätigen zu lassen, dass mir der Job bei der Staatsanwaltschaft nach dem Wahltag sicher war. Ich freute mich darauf, wieder prozessieren zu können. Es in Raines anstatt drüben im Osten zu tun, weckte in mir das Gefühl...nach Hause zu kommen.

Ich konnte mit Gus, Kemp und Poe zusammen sein, in der Nähe meiner Mom sein und in meinem Traumjob arbeiten – alles auf einmal.

„Du!", schrie jemand.

Ich drehte mich, nur um den prügelnden Ehemann auf mich zustürmen zu sehen. Er lief über die Main Street und ein Auto musste anhalten, weil er, ohne zu schauen, über die Straße rannte. Ich hatte ihn nicht gesehen, seit wir vor einigen Tagen wegen des Notrufs zu seinem Haus gegangen waren. Damals hatte er einen selbstgefälligen Gesichtsausdruck zur Schau gestellt, weil seine Frau ihn nicht anzeigen hatte wollen. Sie hatte in der Hitze des Gefechts 9-1-1 angerufen, aber er hatte sie irgendwie dazu gebracht, ihre Meinung zu ändern.

Aber jetzt, jetzt sah er stinksauer aus. Seine dunklen Haare wirkten fettig, sein Bart ungepflegt, seine Jeans hatte Flecken von etwas, das wie Fett und Ketchup aussah.

„Du hast sie weggeschickt. Wo verfluchte Scheiße ist meine Frau?"

Ich stoppte, legte meine Hände an meinen Waffengürtel. Ich war zuvor schon in heftige Auseinandersetzungen mit angriffslustigen Leuten involviert gewesen, war für solche Situationen ausgebildet worden, aber das Adrenalin pumpte trotzdem durch meinen Körper und mein Puls schoss in die Höhe. Wenigstens befand ich mich direkt im Stadtzentrum und nicht draußen in seinem verwahrlosten Haus, wo im Umkreis von wenigstens einer halben Meile weit und breit kein Mensch war.

„Sir, Sie müssen sich beruhigen", sagte ich zu ihm.

„Beruhigen?" Er trat auf den Gehweg, kam näher. Zu nahe. „Meine Frau hat mich verlassen und das nur, weil du aufgetaucht bist und ihr gesagt hast, dass sie sich nicht schlagen lassen soll. Diese Schlampe. Ich gebe ihr alles und dann verlässt sie mich."

Seine Augen waren blutunterlaufen und er roch wie ein

Kneipenboden beim Zapfenstreich an einem geschäftigen Freitagabend.

„Sir, Sie müssen zurücktreten, dann gehen."

„Sag mir nicht, was ich tun muss, du dreckige Schlampe. Wie sie dich zum Sheriff machen konnten, eine verdammte Frau, versteh ich wirklich nicht. Sag mir, wo meine Frau ist oder ich werde – "

„Sie wollen diesen Satz nicht zu Ende führen. Ich werde Sie ein letztes Mal darum bitten. Treten Sie zurück, laufen Sie weg und kühlen sich ab."

Seine Augen weiteten sich und er hob seinen Arm, als wolle er mich schlagen. Bevor ich reagieren konnte, attackierte Honey ihn. Ihre Zähne verbissen sich im Knöchel des Mannes. Unheilvolles Knurren drang aus ihrer Kehle. Ich hatte sie noch nie so aggressiv, so bösartig erlebt.

Der Mann jaulte auf, trat mit dem Bein, als wolle er dadurch Honeys Zähnen entkommen. „Scheiße!", schrie er, griff nach unten und schlug Honey gegen den Kopf.

Ich nutze seine momentane Ablenkung und dass er zu der Hündin nach vorne gebeugt war, um ihn noch weiter nach unten zu drücken. Mit einem Tritt gegen seinen Knöchel – den, den Honey gebissen hatte – warf ich ihn mit dem Gesicht nach unten auf den Boden.

Leute versammelten sich jetzt auf dem Gehweg. Ich stemmte ein Knie in seinen Rücken, während er fluchte und um sich schlug. In Sekundenschnelle fixierte ich seine Hände mit Handschellen hinter seinem Rücken. Ich zog mein Funkgerät von meiner Hüfte, aber als ich hochsah, entdeckte ich zwei Deputies, die den Gehweg entlangrannten. Wir waren nur einen Block vom Revier entfernt und jemand musste sie gerufen haben.

Während er weiterhin fluchte und über Frauen herzog, klärte sich mein Kopf so weit, dass ich nach Honey schauen konnte. Sie lag wimmernd auf ihrer Seite. Ihre Zunge hing heraus. Ich konnte mich nicht vom Rücken dieses Dreckskerls bewegen, aber Passanten knieten sich hin und streichelten sie.

Ich trat zur Seite, damit die Deputies den Kerl auf seine Füße ziehen konnten.

„Kümmre dich um Honey. Wir haben ihn", sagte einer von ihnen, während sie seine Oberarme packten und ihn zum Revier schoben.

Ich sank direkt neben Honey auf dem Gehweg auf die Knie. „Glaubt ihr, sie ist okay?", fragte ich. Mir war bis zu diesem Moment nicht klargewesen, wie wichtig mir die Hündin geworden war. Sie hatte mich auf Schritt und Tritt verfolgt, war buchstäblich an mir geklebt, bis jetzt. Jetzt wurde mir bewusst, dass sie auf mich aufgepasst hatte. Ich hatte sie vom Straßenrand gerettet und sie hatte sich an meine Fersen geheftet. Und jetzt hatte sie mich im Gegenzug gerettet.

Ein Tränenkloß blockierte meine Kehle. Ich hatte größere Angst, dass ihr etwas passiert war, als vor dem, was dieser prügelnde Ehemann mir hätte antun können.

Die Besitzer des Angel- und Outdoorladens, vor dem wir uns befanden, untersuchten sie gerade. „Wir haben gesehen, was er getan hat", sagte einer, sein Ton wütend, aber seine Hände sanft, während er Honey streichelte und tröstete. „Dieses Arschloch. Bringen wir sie zum Tierarzt."

Sogleich ging eine Frau zu dem Auto, das am Gehweg geparkt war, und öffnete hastig die Hintertür. „Mein Auto steht genau hier. Legt sie auf die Rückbank", sagte die Frau und wartete, bis die Männer Honey vorsichtig hochgehoben und sie hineingelegt hatten. „Wir werden sie zum Tierarzt bringen."

POE

Ich trat mit Mrs. Mitchell und ihrer Katze aus dem Untersuchungsraum zwei, nur um festzustellen, dass in dem kleinen Empfangsbereich das Chaos ausgebrochen war. Nun nicht unbedingt Chaos, aber dort befanden sich mindestens sechs Leute und nur ein Tier, ein winziger Dackel, der auf dem Schoß einer Frau saß. Ich war an bellende Hunde, fauchende Katzen und sogar das konstante Plappern eines Vogels gewöhnt, aber nicht an so viele Leute, die alle gleichzeitig redeten. Und in Mitten all dessen stand Parker.

Ich verabschiedete mich von Mrs. Mitchell und ging zu ihr. Ich lenkte ihre Aufmerksamkeit auf mich, indem ich meine Hand auf ihre Schulter legte.

Sie schaute zu mir hoch und lächelte. Sie trug ihr übliches Uniformhemd und Jeans, ihr Funkgerät war auf leise gestellt, aber es drangen dennoch Gesprächsfetzen hindurch. Es war erst wenige Stunden her, seit sie aus dem Haus gelaufen war, um zur Arbeit zu gehen. Allerdings nicht, bevor sie sich über die Küchentheke gebeugt, ihre Jeans runtergezogen und ihren Männern ihre Pussy gezeigt hatte. Gus hatte dafür gesorgt, dass dieses süße Schätzchen immer glattrasiert war.

Sie war nicht zum Spielen hier, um da weiterzumachen, wo wir an jenem ersten Tag in der Küche aufgehört hatten. Etwas ging vor sich.

„Was ist los?", fragte ich.

„Honey hat mich vor jemandem beschützt und der Kerl hat sie geschlagen."

Meine Fresse. „Geht's ihr gut?" Ich sah sie nirgendwo.

Parker deutete den Flur hinunter. „Sie ist mit Gus und Kemp in einem der Zimmer, aber sie meinten nach einer kurzen Untersuchung, dass es ihr gut ginge. Sie röntgen sie gerade, um auf Nummer sicher zu gehen."

Ich seufzte erleichtert. Honey war ein toller Hund.

„Was meinst du damit, sie hat dich beschützt?"

„Der Kerl von dem Einsatz neulich, wegen des häuslichen Streits, ist auf der Main Street auf mich losgegangen."

Heiliges Kanonenrohr. Der Scheißkerl war sie angegangen? Ich wurde sofort wütend. Mein Herz hämmerte in meinen Ohren und meine Hände ballten sich zu Fäusten. Wenn bei mir ein Barometer eingebaut wäre, würde es jetzt kurz vor der Explosion stehen.

„Losgegangen?", fragte ich.

„Er war betrunken und stinkwütend", sagte Tom aus dem Sportgeschäft.

Sogar noch schlimmer. Ein betrunkener prügelnder Ehemann, der es auf mein Mädel abgesehen hatte.

Sein Partner Lucas nickte zustimmend. „Als ob der Sheriff hier wüsste, wo seine Frau hin ist."

„Wo ist der Kerl jetzt?" Wenn er dort draußen war, würde ich ihn aufspüren. Ich hatte einen Mann getötet, noch einer wäre kein Problem. Insbesondere, wenn er beabsichtigte, Parker wehzutun.

„In Gewahrsam. Er wird wegen Angriff eines Polizisten und Grausamkeit gegenüber Tieren angeklagt."

„Das ist alles?", fragte ich und wischte mir mit dem Handrücken über den Mund.

Parkers Augen weiteten sich leicht, als würde sie bemerken, dass ich kurz davor stand, mich in den unglaublichen Hulk zu verwandeln.

„Fürs Erste. Das wird ihn erst mal festhalten. Wenn wir

seine Frau finden können und sie Anzeige wegen der Verletzungen neulich erhebt, können wir ihm mehr anlasten."

„Für das, was er heute getan hat, wird er nur eine Geldstrafe bekommen. Eine Verwarnung", nahm ich an.

Sie zuckte mit den Achseln. „Wahrscheinlich. Oder dreißig Tage Sozialdienst, falls er Vorstrafen hat."

Dreißig Tage.

„Er wird dir wieder auflauern." Ich seufzte, sah zur Decke in dem Versuch, mich zu beruhigen. „Damit ist es beschlossene Sache, Süße. Du kündigst. Ich werde nicht erlauben, dass du dich in solche Gefahr bringst."

Ihr Mund klappte auf, während sie dunkelrot anlief. „Ich habe meinen Job gemacht, Poe. Ich habe genau nach Vorschrift gehandelt."

„Das hat sie. Hat den Kerl zu Boden gerungen und er ist riesig. Und betrunken, nach seinem Geruch zu schließen", sagte eine Frau, die bis jetzt geschwiegen hatte. Neben ihr standen Marge, die Floristin, und zwei andere Frauen, die ich nicht kannte, die uns aber beobachteten. Ich musste davon ausgehen, dass sie alle gesehen hatten, was passiert war, und dass sie mit Parker hierhergekommen waren, um Honey Beistand zu leisten.

Die Worte der Frau halfen kein bisschen. „Genau. Groß und betrunken", sagte ich. „Du wirst deine Kündigung beim Stadtrat einreichen und dich bis zur Wahl von Beirstad oder Hogan vertreten lassen."

Sie verschränkte die Arme vor der Brust. „Und was werde ich stattdessen arbeiten?"

„Ich habe mit Porter Duke vom Büro der Staatsanwaltschaft geredet und du kannst dort arbeiten. Keine Waffen, keine Arschlöcher, die dich angreifen. Sicher." Nach dem Barbecue auf der Ranch hatte ich mich mit Porter in Verbindung gesetzt, ihm von Parker erzählt. Ihren Qualifikationen.

Er war interessiert gewesen, aber hatte nicht viel mehr gesagt, weil er zum Gericht hatte gehen müssen. Es hatte mich allerdings beruhigt, zu wissen, dass meine Frau nicht täglich in Gefahr sein würde.

„Du hast mir einen Job besorgt, weil du findest, dass meine Entscheidung, Sheriff zu sein, schlecht ist?"

„Gefährlich", stellte ich klar. „Warum solltest du dich in Gefahr bringen, wenn du auch in Sicherheit sein kannst?"

Sie zitterte förmlich vor Wut. „Weil es das ist, was ich tun will, Poe! Du kannst so etwas nicht einfach über meinen Kopf hinweg entscheiden."

Ich stemmte meine Hände in die Hüften, starrte sie nieder. Ich konnte aus dem Augenwinkel sehen, dass uns alle beobachteten wie ein Tennis Match. Ihre Köpfe schwangen hin und her.

Sie waren mir scheißegal. Nur Parker zählte. „Achte auf deinen Tonfall, Süße, oder du liegst schneller über meinem Knie und bekommst den Arsch versohlt, als du diesen Scheißkerl zu Boden gerungen hast."

Ihr Mund klappte auf und sie starrte mich an. Mit aufgerissenen Augen. Lief knallrot an.

Die Damen lachten.

„Ich kann nicht fassen, dass du das gerade gesagt hast." Ich konnte beobachten, wie jeglicher Kampfgeist Parker verließ. Es war, als würde sie vor meinen Augen...verwelken. Zum ersten Mal, seit ich sie kennengelernt hatte, wirkte sie schwach. Waren das Tränen in ihren Augen? Sie wandte sich ab, schaute zu Tom und Lucas. „Sagt Gus, er soll Honey behalten."

Sie drehte sich um und ging, schaute nicht zurück. Das Wartezimmer war still und alle starrten mich an. Warum fühlte es sich an, als würde sie nicht nur aus der Tierarztpraxis, sondern auch aus meinem Leben laufen?

13

US

„Was in Dreiteufelsnamen hast du getan?", fragte ich Poe.

Mr. Monroes Corgi war der letzte Patient des Tages gewesen und die Tür war hinter ihm abgeschlossen worden. Es war endlich ruhig. Honey starrte zu mir hoch, den Kopf schiefgelegt.

Die Röntgenaufnahmen hatten keine Brüche oder sonstiges offenbart, was genau das war, was wir vermutet hatten. Es war jedoch möglich, dass einer ihrer Zähne einen Riss bekommen hatte, falls der Kerl sie an der richtigen Stelle erwischt hatte. Wir würden darauf achten müssen, ob sich ein Abszess bildete, aber sie machte einen munteren Eindruck. Ohne Parker wirkte sie jedoch leicht einsam. Aber wer war das nicht?

Das war das erste Mal, dass wir Poe in die Ecke hatten treiben können seit dem Vorfall früher am Tag. Am Nachmittag hatten wir nämlich alle einen Termin nach dem anderen gehabt.

Aber jetzt hatte er uns verraten, was er getan hatte – was er *gesagt* hatte – und ich war drauf und dran, ihn umzubringen.

Poe fuhr sich mit der Hand über seine dunklen Haare und verzog das Gesicht, als er seine Erzählung beendete. Es war, als würde das Aussprechen seiner Taten ihm erst vor Augen führen, was für ein Vollidiot er war. „Ich hab Mist gebaut."

„Wirklich?", fragte Kemp. Er war ein ziemlich ausgeglichener Kerl. Nicht viel brachte ihn aus der Ruhe, aber dies? Kemp war stinksauer. „Du hast es dir mit Parker ordentlich verscherzt. Meine Fresse, Poe. Sie ist nicht deine Mom. Sie ist nicht diese Frau, die von ihrem Ehemann verprügelt wurde. Diejenige, die zum Glück ihren Grips zusammengenommen und ihn verlassen hat."

Er tigerte durch den Empfangsbereich. „Ich weiß, aber dieser Kerl hat sie angegriffen!"

„Und sie hat ihn zu Boden gerungen", fügte ich hinzu. Ja, ich war auch nicht gerade begeistert von der Vorstellung, dass ein betrunkenes Arschloch auf unsere Frau losgegangen war.

„Schön, du hast es mit deinem Beschützerinstinkt zu weit getrieben", meinte Kemp. „Sie könnte das verstehen. Zum Teufel, dafür hat sie dir schon vergeben, hat die Gründe dafür verstanden, als du ihr von deinem Dad erzählt hast. Außerdem haben Kaitlyn und Ava ihr bestimmt erzählt, wie besitzergreifend ihre Männer sind. Ich verstehe das. *Sie* versteht das. Aber du hast ihr gesagt, du würdest ihr den Hintern versohlen?"

„Vor Tom und Lucas?"

Er fluchte leise. „Und Mrs. Mitchell, Corrinne Borden und Marge."

„Vom Blumenladen?", fragte ich. Das war schlimmer als ich gedacht hatte. Ich schloss meine Augen und holte tief Luft. „Sie ist die größte Tratschtante in der ganzen Stadt! Du hast Parkers Kink gegen sie verwendet. Hast ihre Unterwerfung vor anderen zu etwas Schändlichem gemacht."

„Ich weiß, ich weiß." Poe stöhnte. „Das war nicht meine Absicht. Ich war einfach so wütend, dass es einfach rausgerutscht ist."

„Und was sollte das mit Porter? Haben wir dir nicht beim Barbecue gesagt, dass du es lassen sollst?"

Er warf mir aus diesen irrsinnig hellen Augen einen Blick zu. Er war auch angepisst. Ja, ich hatte ihn gerade zurechtgestutzt, aber er hatte es verdammt nochmal verdient.

„Ich habe nur versucht zu helfen. Hab versucht, ihr einen Job zu finden, in dem sie nicht in Gefahr wäre. Bei dem ich wieder atmen könnte."

Das ergab Sinn. Das tat es. Aber deswegen war es trotzdem nicht richtig.

„Ich will sie auch am liebsten ständig nackt und an mein Bett gefesselt haben, aber das bedeutet nicht, dass ich das tun werde", entgegnete ich. „Sie ist eine erwachsene Frau. Sie hat einen höheren Uniabschluss und eine Polizeiausbildung. Wenn du sie erdrückst, wird sie nicht mehr die Frau sein, die wir alle lieben."

Ja, ich liebte sie. Das hatte ich schon immer. Die vergangene Woche hatte bewiesen, dass Menschen manchmal eine zweite Chance bekamen. Ich musste nur hoffen, dass Parker Poe eine geben würde.

„Und fuck, Poe, ihr den Hintern versohlen? Du hast

einfach etwas Wundervolles, das sie uns geschenkt hat, genommen und es durch den Dreck gezogen."

Kemp schaute auf sein Handy. „Sie antwortet nicht auf die SMS'." Er stierte Poe finster an. Deutete mit dem Finger auf ihn. „Du wirst das wieder in Ordnung bringen. Mir ist scheißegal, wie du Abbitte leistest. Flehe. Bettle. Zum Teufel, lass dir vor der ganzen Stadt von ihr den Arsch versohlen. Bring es einfach in Ordnung."

Es gab nichts, was Kemp und ich noch hätten tun können. Wir könnten sie aufsuchen und sie bitten, noch einmal zu überdenken, was für ein Idiot Poe war, aber das würde nicht klappen. Poe musste sich entschuldigen. Musste das geradebiegen. Er musste die verdammten Dämonen, die ihn zu solchen Taten antrieben, aus seinem Kopf bekommen und die einzige Möglichkeit, das zu erreichen, war, alles vor Parker offenzulegen. Wieder.

Ich ging zur Eingangstür, drehte das Schloss um.

„Wohin geht ihr zwei?", wollte Poe wissen.

Ich sah auf meine Uhr. „Stadtratssitzung. Parker wird dort sein. Wir werden uns vergewissern, dass sie okay ist, dass das, was passiert ist, kein übles Nachspiel zur Folge hat."

„Super, ich komme auch mit", erwiderte er.

Kemp stoppte Poe mit einer Hand auf seiner Brust. „Auf keinen verdammten Fall. Zerbrich dir lieber den Kopf, wie du diese Scheiße wieder in Ordnung bringst. *Unter vier Augen.*"

∽

PARKER

. . .

Ich hatte keine Zeit, zu Hause herumzusitzen und im Selbstmitleid zu baden. Ich war so wütend auf Poe, dass ich ihn suchen und ihn tasern wollte, den Vollidioten. Es war ja nicht so, als hätte er irgendwelche Gehirnzellen zu verlieren. Leider kam mir dabei die monatliche Stadtratssitzung in die Quere. Als Sheriff musste ich einen Bericht über die Einsätze seit der letzten Versammlung abliefern, sowie andere Probleme ansprechen, die eventuell relevant waren. Der Stadtrat machte mich im Gegenzug auf Dinge aufmerksam, die ich wissen musste. Letzten Monat hatten sie mich darüber informiert, dass auf der Südseite der Stadt ein Vier-Wege-Stopp installiert worden war und man damit rechnete, dass viele Leute einfach über die Kreuzung rasen würden.

Die Sitzung wurde im Gemeindesaal in der Bücherei abgehalten und ich winkte Kaitlyn beim Reingehen zu. Ich wagte es nicht, anzuhalten und mit ihr an der Ausleihtheke zu plaudern, weil sie sonst sehen würde, dass ich aufgebracht war und mich zum Reden bringen würde. Das Letzte, was ich vor der Sitzung tun wollte, war weinen. Die Sitzung war nicht gut besucht, vielleicht zehn bis zwanzig Leute außer dem Stadtrat, je nach Tagesordnung.

In dem Raum, der zu verschiedenen Zwecken genutzt wurde, standen meine Mutter und Mrs. Duke beieinander und unterhielten sich, was mich völlig überraschte.

„Parker, Schatz, ich dachte, ich würde vorbeikommen und Hallo sagen", sagte Momma. „Dieser Tage weiß ich nie, wo du sein könntest."

Ich beugte mich zu ihr, küsste ihre Wange und nahm mir einen Moment, um darüber zu grübeln, ob sie damit meinte, dass ich viel beschäftigt war oder dass ich mehr Zeit im Haus der Männer verbracht hatte als in meinem. Dass ich mich in einem Nebel neugefundener Lust – und Liebe?

– befunden hatte, seit ich Honey zur Tierarztpraxis gebracht hatte. Und bei diesem Gedanken machte mein Herz einen Satz, meine Wangen wurden heiß. Für eine Minute hatte ich Poes Taten ganz vergessen.

„Ich bin froh, dass du hier bist", antwortete ich.

Momma war fünfundfünfzig und ich sah genauso aus wie sie, auch wenn sie eins sechzig groß und zierlich war. Ich hatte meine Größe von meinem Dad. Allerdings hatte ich ihn nur auf Fotos gesehen, weil er bei einem Arbeitsunfall drei Monate vor meiner Geburt gestorben war. Sie trug immer ein Lächeln im Gesicht und konnte über jeden etwas Nettes sagen. Ich hatte mich immer gefragt, warum sie nicht wieder geheiratet hatte, aber sie deswegen nie bedrängt. Sie war in so viele Aktivitäten in der Stadt involviert – eine Bowlingliga, Unterrichten an der Sonntagsschule und sie lernte sogar Französisch – dass sie einen zufriedenen Eindruck machte.

„Ich habe mit Ava Carter gesprochen und ich fange am Montag im Seed & Feed an." Sie lächelte fast schon strahlend, eindeutig erfreut über ihren neuen Job.

„Das ist toll." Das war es wirklich. Ein verständnisvoller Chef war jetzt wichtig, insbesondere wenn sie Arzttermine hatte oder sich wegen ihrer Zuckerwerte etwas ausruhen musste.

„Ich weiß nichts über Tierfutter oder Maschinen, aber wenn ich so viel über Zähne und Zahnprothesen lernen konnte, kann ich mir das wahrscheinlich auch aneignen."

Mrs. Duke lachte, wodurch ihr kinnlanges Haar hin und her wippte. Sie hatte eine gesunde Bräune von ihrer Kreuzfahrt. „Dottie, ein Neuanfang für dich. Ich rede nicht von allzu vielen Leuten schlecht, aber ich denke, Roger Beirstad nicht jeden Tag sehen zu müssen, wird eine wundervolle Abwechslung sein."

Gus und ich mochten beide wegen dem College weggegangen sein und zehn Jahre nicht miteinander geredet haben, aber Momma und Mrs. Duke hatten sich auf dem Laufenden gehalten und, auch wenn sie vielleicht keine engen Freundinnen waren, mochten einander sehr gern.

Momma lachte. „Du hast recht. Ich fühle mich...befreit."

Mrs. Duke war immer so nett zu mir gewesen. Zum Teufel, sie war nett zu jedem. Ich erinnerte mich daran, dass ich das nervöse Mädchen gewesen war, das Gus gedatet hatte, und Mrs. Duke hatte mir immer das Gefühl gegeben, ich wäre Teil der Familie. Hatte mich zum Abendessen eingeladen und einmal war sie mit mir und Julia zur Maniküre gegangen. „Ava ist ein Schatz und Colton und Tucker werden sich wohler fühlen, wenn sie wissen, dass sie den Weg von der Ranch zur Stadt nicht fahren muss, wenn der Schneefall einsetzt. Du wirst für sie alle ein Gewinn sein."

„Es ist schön, dass sie so um sie besorgt sind", meinte Momma.

„Alle meine Jungs sind so." Mrs. Duke wandte sich mir zu, zog eine ergrauende Augenbraue hoch. „Sie kommen nach ihrem Vater. Sie meinen es gut, aber manchmal möchte man sie am liebsten erwürgen. Gus war so, als er jünger war, oder, Parker?"

Ich nickte. Guss war selbst mit achtzehn besitzergreifend und herrisch gewesen. „Ja, Ma'am."

„Und jetzt?", fragte sie bohrend.

Ich warf meiner Mutter einen Blick zu, die mich aufgeregt musterte. Sie wussten von Gus, Poe und Kemp, aber wollten eine Bestätigung. Ich war mir nicht sicher, ob Gus seiner Mutter erzählt hatte, dass wir zusammen waren oder ob die Gerüchteküche der Stadt schon Wind davon bekommen hatte. Wie auch immer ich konnte es keinesfalls leugnen. Mrs. Dukes zwei ältere Söhne waren beide in

Beziehungen, in denen zwei Männer Anspruch auf eine Frau erhoben hatten. Es war nicht so, als würde mein Zusammensein mit Gus, Poe und Kemp sie jetzt schockieren. Und Momma verschloss ihre Augen nicht vor Tatsachen. Es mochte für sie ein wenig merkwürdig sein, dass sie sich daran gewöhnen musste, eine Tochter zu haben, die mit *drei* Männern zusammen war, aber ich wusste, dass sie nur mein Bestes wollte. Ein Mann oder drei, sie war wahrscheinlich einfach nur erpicht auf Enkelkinder, genauso wie Mrs. Duke. Ich war noch nicht bereit, den beiden irgendwelche zu schenken, aber es war ein Schritt in die richtige Richtung.

„Jetzt noch mehr", antwortete ich.

Beide Frauen strahlten und Momma zog mich in eine Umarmung. „Oh, Schatz, ich freue mich so sehr für dich. Diese drei Männer sind absolut wundervoll. Und rücksichtsvoll. Sie sind letzten März, als wir diesen großen Schneesturm hatten, von Tür zu Tür gegangen und haben sich vergewissert, dass alle Strom und Heizmöglichkeiten hatten."

„Sie sind auch herrisch", fügte Mrs. Duke hinzu. „Sei bereit, deine Frau zu stehen."

Die Mitglieder des Stadtrats gingen zu ihren Plätzen vorne im Raum. Mrs. Duke tätschelte mir den Arm und sagte: „Ich bin froh, dass du endlich wieder Teil der Familie bist."

Ich starrte ihr hinterher, während sie davonlief. Anschließend setzte ich mich neben Momma, als die Sitzung begann.

Ich blendete alles um mich herum aus, wiederholte gedanklich alles, was Poe gesagt hatte. Selbst jetzt, Stunden später, spürte ich, dass meine Wangen vor Scham heiß wurden, weil die Männer aus dem Outdoorgeschäft wussten, dass Poe mir den Hintern versohlte und das nicht zum Spaß. Nun, nicht *nur* zum Spaß. Ich war wild und vielleicht auch eine Gefahr für mich selbst. Er hatte meine dunkelsten Sehnsüchte gegen mich verwendet und das war das, was wehtat. Was mich beschämte.

Ich hatte ihnen...*ihm* mein Vertrauen geschenkt, den geheimsten Teil meiner selbst, und er hatte das alles herabgewürdigt.

Ich mochte es, dass die drei besitzergreifend waren, dass sie mich beschützen *würden*. Wenn ich mit ihnen zusammen war, fühlte ich mich dreißig Zentimeter kleiner und fünfzig Pfund leichter, wie eine zierliche Frau, die Neandertaler hatte, die auf sie achtgaben. Ich fühlte mich weiblich in einer Welt – und einem Job – die mir ein ganz anderes Gefühl gab. Poe hatte seine Meinung über meinen Job nie hinter dem Berg gehalten. Er hasste es, dass ich Sheriff war. Auch wenn es nett von ihm *war*, mit Porter Duke über einen Job zu reden, war es völlig unangebracht gewesen.

Porter hatte Poe eindeutig nichts darüber erzählt, dass ich im November anfangen würde, im Büro der Staatsanwaltschaft zu arbeiten. Es stand ihm nicht zu darüber zu reden und ich respektierte ihn dafür. Ich hätte den Jungs jederzeit erzählen können, dass ich meinen Namen für den Sheriff Job nicht in den Ring warf, aber wir waren ziemlich beschäftigt damit gewesen, nicht zu reden.

Jetzt war ich froh, dass ich nichts gesagt hatte, denn dadurch waren Poes wahre Gefühle offenbart worden. Ich wusste jetzt, wo ich bei ihm stand und das war nicht in einer Position als Gleichgestellte. Nicht als die Frau, die ihnen meine Kontrolle als Geschenk gegeben hatte. Er hatte es genommen und wie eine Waffe gegen mich gerichtet.

"Sheriff Drew", rief eines der Stadtratsmitglieder. "Ihr Update bitte."

Ich erhob mich, aber lief nicht nach vorne. Der Saal war so klein, dass mich alle mühelos sehen und hören konnten von dort, wo ich war. Ich hatte mich heute Morgen auf die Sitzung vorbereitet und las von meinen Notizen ab, die ich aus meiner Tasche gezogen hatte. Es dauerte nur einige Minuten, um meine Liste vorzutragen und ich setzte mich wieder.

Momma tätschelte meinen Arm, beugte sich zu mir und flüsterte: "Ich bin so stolz auf dich."

Wegen ihrer netten Worte wäre mir fast entgangen, wie jemand sagte: "Ich würde gerne mit dem Stadtrat über den Sheriff sprechen."

Getuschel kam auf und Mark Beirstad erhob sich. Ich holte tief Luft, stieß sie aus. Momma nahm meine Hand, drückte sie. Ich schaute kurz zu ihr und sah, dass ihr Kiefer angespannt war. Sie war noch nicht darüber hinweg, was Marks Bruder – ihr Chef – ihr angetan hatte, und sie war klug genug, um die Puzzleteile zusammenzufügen. Ich war das fehlende Stück.

Mark war Anfang dreißig, seine Haare nahmen in viel rasanterem Tempo ab als er sich lange Haare wachsen lassen konnte, um sie über seine einsetzende Glatze zu kämmen. Sein Bauch wölbte sich über eine große Gürtelschnalle, die darauf hinwies, dass er vor Jahren einige Rodeos gewonnen hatte. Er betrieb das örtliche Getreidesilo und war sehr erpicht darauf, Sheriff zu werden. Er nutzte oft Gelegenheiten wie diese, um seiner Meinung über etwas oder jemanden in der Gemeinde, den er nicht leiden konnte, Ausdruck zu verleihen. Er stellte sich gerne groß dar, selbst in kleinem Rahmen. Die Tatsache, dass er jedermanns Aufmerksamkeit hatte, veranlasste ihn nur dazu, die

Schultern nach hinten zu drücken und wie ein Pfau herumzustolzieren.

„Der Sheriff ist ein Beamter, einer, der der Gemeinde dient. Er, *oder sie*, ist ein Repräsentant der Stadt."

Momma macht ein schnaubendes Geräusch, weil er als offensichtliche Spitze gegen mich das Pronomen meines Geschlechts nur als Zusatz erwähnt hatte.

„Mark, wir sind uns alle der Rolle des Sheriffs bewusst und dass *sie* der Gemeinde dient", entgegnete der Bürgermeister. Er war in seinen Fünfzigern. Es war leicht ihn zu mögen und noch leichter mit ihm zu arbeiten und deswegen war das auch schon seine dritte Amtszeit.

„Ja, aber es ist ans Licht gekommen, dass sie jetzt mit drei Männern involviert ist."

Beirstard starrte bedeutungsvoll zu mir. Ich reckte mein Kinn und starrte geradewegs zurück. Ich war heute schon einmal für meine Wahl beschämt worden. Ich würde es kein zweites Mal zulassen.

„Tollereien dieser Art sind kein Beispiel, dem wir unsere Jugend aussetzen möchten. Ich stimme dafür, sie aus dem Amt zu entheben und ersetzen zu lassen."

Gemurmel brach im gesamten Saal aus und der Bürgermeister hob seine Hände. Alle verstummten.

„Probleme mit Angestellten des Countys sollten dem Personalbüro vorgelegt werden", sagte der Bürgermeister. „Nicht öffentlich in einer Stadtratssitzung vorgetragen werden. Jeglicher Verstoß unserer Beamten wird von diesen Mitarbeitern bearbeitet. *Vertraulich*."

Ich hatte eine Pistole. Und einen Taser. Ich könnte den Raum in wenigen Schritten durchqueren und Mark dazu bringen, sich zuckend auf dem Boden zu winden und sich in die Hosen zu machen. Ich könnte aufstehen und etwas sagen, könnte zugeben, dass es stimmte, was Mark sagte. Ich war in einer Beziehung mit drei Männern. Aber ich schämte mich nicht dafür. Ich hatte keinen blassen Schimmer, was ich wegen Poe unternehmen würde, ob ich mich weiterhin auf ihn einlassen könnte. Ob meine Persönlichkeit zu viel für ihn wäre. Aber ich *war* mit ihnen zusammen gewesen. Das war eine Tatsache und ich konnte die Vergangenheit weder ändern noch wollte ich das tun.

„Die Personalbehörde hat allerdings keine Kontrolle über die Wahl", wandte Mark ein. „Ich verlange eine Abstimmung darüber, dass ihr Name vom Wahlzettel gestrichen wird."

Die Mitglieder des Stadtrates sahen sich reihum an. Der Bürgermeister schwieg, ließ Marks Worte schwer in der Luft hängen. Ich warf Mrs. Duke einen Blick zu. Oh, sie mochte Mark nicht, so viel stand fest.

„Lassen Sie es mich noch einmal fürs Protokoll wiederholen", begann der Bürgermeister, wobei er zu seiner Sekretärin schaute, die nickte. „Mark Beirstad hat Probleme mit Sheriff Drews Verhalten. Er verlangt, dass ihr Name vom November-Wahlzettel für die Stelle gestrichen wird."

„Das ist korrekt", bestätigte Mark mit einem Kopfnicken.

„Sie sind sich bewusst, dass es sich um einen von Mrs. Dukes Söhnen handelt, mit dem der Sheriff eine Beziehung führt?" Offensichtlich wusste jeder über mein Liebesleben Bescheid. „Gibt es einen Grund, Mr. Beirstad, warum Sie sich nicht über das Verhalten von Mrs. Duke als Mitglied des Stadtrates beschweren? Es *tollt* nicht nur Gus Duke mit dem Sheriff herum, sondern auch ihre anderen zwei Söhne befinden sich in ähnlichen Beziehungen."

Mrs. Duke schwieg weiterhin und starrte Mark nieder.

Er hatte immerhin den Anstand zu erröten, aber das geschah wahrscheinlich mehr aus Wut als aus Scham.

„Außerdem", fuhr der Bürgermeister fort, „sitzt die

Mutter des Sheriffs direkt neben ihr. Ich würde meinen, dass diese zwei Frauen es doch lautstark verkünden würden, vielleicht sogar mehr als Sie, wenn sie Probleme mit den Taten des Sheriffs hätten."

Niemand sagte ein Wort.

„Die Einwohner von Raines können anhand ihrer Leistungen in diesem Job während der vergangenen Monate selbst über den Sheriff urteilen. Das Gleiche kann von Ihnen nicht behauptet werden, Mark. Sie können und werden allerdings anhand Ihrer Kommentare heute Abend über Sie urteilen."

Beirstad hielt seine Hände hoch. „Nun, Bürgermeister, hier geht es nicht um mich. Es geht um den Wahlzettel am Wahltag und dass die richtigen Namen darauf stehen."

„Ich wusste nicht, Mr. Beirstad", sagte Mrs. Duke, „dass Sheriff Drews Name auf dem Wahlzettel steht."

Der Bürgermeister nickte. „Sheriff Drew hat bereits an ihrem ersten Arbeitstag deutlich gemacht, dass sie nur vorübergehender Ersatz ist und sich nicht zur Wahl aufstellen lassen wird."

„Was?", sagte Mark und wandte sich mir zu. Seine Augen sahen aus, als gehörten sie einer Comicfigur, da sie fast aus seinem Kopf quollen. Offensichtlich war das etwas, das er nicht gewusst hatte. „Sie bewerben sich nicht für den Job? Warum haben Sie nichts gesagt?"

„Warum sollte sie das tun müssen?"

Alle drehten ihre Köpfe zur gegenüberliegenden Seite des Saals, als Liam Hogan – der Sohn des vorherigen Sheriffs – sprach. Er stand dort mit dem Hut in der Hand, die Haare ordentlich frisiert. Er trug Jeans und robuste Stiefel, ein weißes Hemd, dessen Ärmel nach oben gerollt waren, sodass seine kräftigen Unterarme sichtbar waren. Er half bei der Bewirtschaftung der kleinen Ranch seiner

Familie und war ein Teilzeit-Deputy. Seine Augen ruhten auf mir. In keiner Weise so, wie mich Gus, Kemp oder Po ansahen. In seinem Blick lag kein Begehren. Respekt vielleicht, aber er war rein professionell.

Liam war zwei oder drei Jahre älter als ich. Ich erinnerte mich an ihn aus meiner Kindheit, aber wir hatten nicht den gleichen Freundeskreis gehabt. Ich war mir sicher, er vermisste seinen Dad. Er war ein guter Sheriff gewesen und es wäre eine Ehre für Liam in seine Fußstapfen als Sheriff treten zu dürfen. Er hatte meine Stimme, nicht weil ich Beirstad nicht einmal in der Nähe einer Machtposition... oder einer Pistole sehen wollte, sondern weil er der richtige Mann für den Job war.

„Lass Parker Drew in Ruhe, Mark", fuhr Liam fort. „Ihr Privatleben ist nämlich genau das, *privat*. Sie ist qualifizierter für die Rolle als Sheriff als wir beide. Raines könnte von großem Glück sprechen, würde sie ihren Namen aufstellen lassen."

Mein Handy vibrierte und ich warf einen Blick auf das Display. Pam von der Leitstelle wusste, dass sie mir eine SMS schicken sollte, wenn es um etwas Wichtiges ging, sich aber um keinen richtigen Notfall handelte. Bei letzterem würde das Funkgerät an meiner Hüfte piepen.

PAM: *Poe wurde festgenommen. Du solltest zum Revier kommen.*

ICH LAS die kurze Nachricht zweimal. Mein Herz setzte einen Schlag aus. Was hatte Poe getan?

Daraufhin erhob ich mich, meine Aufmerksamkeit für die Sitzung hatte sich in Luft aufgelöst und ich hatte keine Zeit für Beirstad. „Danke, Liam. Es freut mich, das von dir zu hören. Dein Dad war ein gutes Vorbild für mich." Ich schaute zum Stadtrat im vorderen Bereich des Zimmers. „Herr Bürgermeister, wenn ich nicht länger gebraucht werde, werde ich Sie die Sitzung beenden lassen und mich wieder an die Arbeit machen."

Der Bürgermeister nickte und ich spähte zu Mrs. Duke. Eine Mischung aus Wut und Nachdenklichkeit zeigte sich auf ihrem Gesicht. Ich hegte keinerlei Zweifel daran, dass sie etwas zu Mark sagen wollte, aber zu sehr Dame war, um es zu tun.

„Sie haben nichts zu Ihrer Verteidigung vorzubringen? Für Ihre Taten?", fragte mich Mark, wobei er den Kopf leicht schüttelte, als würde er ein Kleinkind rügen.

„Das Einzige, was diese Sitzung offenbart hat, Mark, sind *Ihre* Taten", erwiderte ich. Ich weigerte mich, mich auf sein Level hinab zu begeben, mich auf ein Streitgespräch mit ihm einzulassen. Denn das war es, was er wollte, aber ich hatte nichts zu sagen. Ich hatte keinen *Grund*, überhaupt etwas zu sagen. „Diese sprechen lauter als irgendetwas, das ich sagen könnte."

Ich nickte dem Stadtrat zu und drehte mich um. Dort, an die hinter Wand neben die Tür gelehnt, standen Kemp und Gus. Zwischen ihnen saß Honey. Ihre Zunge hing raus und sie sah aus, als würde sie mich anlächeln.

Gott, Gus und Kemp sahen gut aus. Groß, muskulös, sogar sexy. Cowboys durch und durch. Ich sehnte mich nach ihnen, wollte zu ihnen laufen, wollte, dass sie mich in ihre Arme zogen und nie wieder losließen. Ich war daran gewöhnt, mich mit kleinen Arschgeigen wie Mark rumzuschlagen. Aber ich musste es nicht mehr allein tun. Ich wollte es nicht. Aber etwas fehlte. *Jemand.*

Poe.

Und er saß in meinem Gefängnis.

14

 ARKER

Ich hielt an, als wir den Gehweg vor der Bücherei betraten. Die Sonne war untergegangen und die Luft war kühler und ich spürte die ersten Anzeichen des herannahenden Herbstes. Momma hatte sich uns angeschlossen und beugte sich gerade nach unten und kraulte Honey hinter dem Ohr. Die Hündin hatte ihre Augen genießerisch geschlossen.

„Endlich lerne ich den neuen Hund kennen. Und die neuen Männer", sagte Momma. „Nun, Gus. Du bist nicht ganz so neu, oder?"

Gus lachte. „Alt *und* neu. Freut mich, Sie wiederzusehen, Ms. Drew", antwortete er, nahm ihre Hand und beugte sich nach unten, um ihr ein Küsschen auf die Wange zu geben.

„Das ist Kemp", sagte ich, wobei ich eine Hand auf seinen Unterarm legte. Seine Haut war unter meiner Hand warm und die Muskeln waren sehnig, erinnerten mich daran, wie kräftig und intensiv er war.

„Ma'am", entgegnete er in der Stimme, die Höschen feucht werden lassen konnte, schenkte ihr ein Lächeln und Nicken. Nun, sie ließ zumindest *mein* Höschen feucht werden.

„Dir fehlt einer", stellte Momma fest.

„Ja, wir werden uns jetzt mit Poe treffen", erwiderte ich. Ich würde ihr nicht verraten, dass er im Gefängnis saß. Auch wenn er mir *fehlte*, war ich mir nicht sicher, ob das ein dauerhafter Zustand sein würde oder nicht.

„Warum kommen Sie nicht am Sonntag zum Abendessen zu uns?", fragte Gus. „Das ist eine Duke Familien Tradition und ich bin diese Woche der Gastgeber."

Momma lächelte. „Das wäre schön." Sie sah zwischen uns dreien hin und her. „Parker wird mir die Adresse geben."

„Ich werde Sie zu Ihrem Auto begleiten", bot Kemp an.

Sie hielt ihre Hand hoch. „Nein, nicht nötig. Es steht genau hier." Sie deutete die Straße runter und ich sah ihren Sedan nur vier Autos weiter.

Ich umarmte sie und sie lief davon. Überraschenderweise folgte Honey ihr. Mom stoppte und schaute nach unten, dann zurück zu uns. Honey sah bewundernd zu ihr hoch.

„Sie kann mit dir gehen", sagte ich. Honey blickte zurück zu mir, dann wieder zu Momma und blieb an ihrer Seite.

„Sie ist dein Hund", widersprach sie, während sie nach unten lächelte und Honey nochmal streichelte.

„Da bin ich mir nicht mehr so sicher."

„Ich bringe sie morgen zum Revier."

Nachdem sie und Honey ins Auto gestiegen und davongefahren waren, zog mich Gus in seine Arme.

„Geht's dir gut?"

Ich runzelte meine Stirn, während ich meine Wange an seine Schulter drückte. Er roch gut, fühlte sich gut an. Robust. Verlässlich. „Meinst du wegen Poe?"

„Das auch", sagte Kemp. „Aber wegen dem dort drinnen." Er deutete mit dem Kopf zur Bücherei.

„Beirstad kümmert mich nicht."

„Warum hast du nicht erzählt, dass du für den Posten als Sheriff gar nicht ins Rennen gehst?", wollte er wissen.

Ich trat einen Schritt zurück und zuckte mit den Achseln. Ich wollte zwar in Gus' Armen bleiben, aber wir befanden uns auf der Straße. „Es kam nie zur Sprache. Es ist noch nicht einmal eine Woche, Kemp. Ich meine, ich weiß, dass deine Eltern in Minnesota wohnen, aber ich weiß nicht einmal, ob du irgendwelche Brüder oder Schwestern hast."

Er nickte. „Ich verstehe, was du meinst."

„Und um ehrlich zu sein, ihr Männer habt auch nicht gefragt."

„Ich denke, jemand fehlt bei diesem Gespräch. Lasst uns Poe finden", entgegnete Gus.

„Er hat Scheiße gebaut, Babygirl", fügte Kemp hinzu. Ich zweifelte nicht daran, dass die drei miteinander geredet hatten, nachdem ich die Praxis verlassen hatte.

Ich seufzte, erinnerte mich an Poes Worte. *Achte auf deinen Tonfall, Süße, oder du liegst schneller über meinem Knie und bekommst den Arsch versohlt, als du diesen Scheißkerl zu Boden gerungen hast.*

Sie waren im Zorn gesprochen wurden, wegen überschäumender Emotionen. Allerdings gewährten einem gerade diese Worte oft die tiefsten Einblicke. Und das war nicht einmal alles. Er hatte mir hinter meinem Rücken einen Job besorgt. Einen *sicheren* Job. „Ja, nun, ich denke, er hat wahrscheinlich wieder Scheiße gebaut."

Als sie mich verwirrt anstarrten, fügte ich hinzu: „Er sitzt im Gefängnis."

~

POE

Als ich endlich aus dem Jugendknast gekommen war, hatte ich mir geschworen, dass ich nie wieder hinter Gittern laden würde. Die Klaustrophobie des Eingesperrtseins war etwas, das ich niemals vergessen würde, das mich nachts immer noch aus dem Schlaf riss. Aber ich hatte es für Parker gemacht. Ich musste sie dazu bringen, sich mit mir zu treffen, mir zuzuhören, wenn ich ihr sagte, wie sehr es mir leidtat. Wie sehr ich alles in den Sand gesetzt hatte.

Ich konnte nicht zulassen, dass sie einfach ging. Dumm von mir? Vielleicht. Verzweifelt? Definitiv.

Sie war das Beste, was mir jemals passiert war. Ohne jeglichen Zweifel. Ich verdiente sie nicht, offensichtlich, denn ich saß wieder einmal hinter Gittern. Es war noch nicht einmal eine Woche vergangen, aber ich war ihr hoffnungslos verfallen. Alles, was wir miteinander geteilt hatten, im und außerhalb des Bettes, war die engste, tiefste Beziehung gewesen, die ich jemals gehabt hatte. Und sie mit Kemp und Gus zu teilen...fuck, das machte uns zu einer Familie.

Ich wollte eine Familie. Sehnte mich danach. Und dennoch hatte ich es vermasselt, bevor sie auch nur richtig angefangen hatte. Meine Vergangenheit, meine Komplexe hatten ihr hässliches Gesicht gezeigt und jetzt hasste sie mich. Ich hatte das Gefühl, sie würde mir dafür vergeben, dass ich mit Porter geredet hatte – sie wusste, dass ich einen verflucht großen Beschützerinstinkt hatte – aber das, was ich danach gesagt hatte, war so viel schlimmer gewesen.

Ich hatte ihre Unterwerfung gegen sie verwendet. Ich hatte ihr Geschenk respektlos behandelt. *Sie.* Ich hatte sie beschämt. Hatte das, was sie mir, uns dreien, geschenkt hatte, willig und mit blindem Vertrauen, zu einer Peinlichkeit gemacht.

Es war etwas Wunderschönes, ihre Unterwerfung. Sie machte mich so verdammt hart für sie, aber sie sorgte auch dafür, dass ich sie liebte. Tief. Rein.

Und ich hatte dieses Vertrauen genommen und zerstört.

Ich stand auf, tigerte in der kleinen Zelle hin und her. Ich fühlte mich wie ein eingesperrtes Tier, nicht wegen der Gitterstäbe, sondern wegen meiner Gefühle. Ich wollte mir die Haut abziehen, schreien, toben vor Frust. Ich musste einfach hoffen, dass sie gnädig und nachsichtig war. Dass sie jemandem, der so verkorkst war wie ich, eine zweite Chance gab.

Ich verdiente sie nicht, aber ich wollte sie. *Brauchte* sie.

Also hatte ich mit Liam Hogan gesprochen. Wir waren schon eine Weile miteinander befreundet, nahmen beide an einer monatlichen Pokerrunde teil. Er hatte mir verraten, wo er war, und ich war in meinem Truck an ihm vorbeigerast, war neunzig in einer Fünfundfünfziger-Zone gefahren. Ihm war keine andere Wahl geblieben, als mich zu stoppen. Ich hatte ihm gesagt, er müsse mich in eine Zelle stecken. Ein Strafzettel war alles, was er mir angeboten hatte. Daraufhin hatte ich ihm angedroht, ihm die Nase zu brechen, damit ich eine Anzeige wegen Angriff eines Polizisten bekam, fall es das war, was es brauchte.

Ich hatte ihm erklärt, dass ich Parker unbedingt sehen musste. Zum Glück hatte er irgendwie verstanden, dass ich dem Sheriff absolut verfallen – und auch in Ungnade gefallen – war. Er war auch so schlau zu erkennen, dass ich für Parker alles tun würde und er mochte sein Gesicht so wie es war. Also hatte er wie ein Chauffeur die Tür zum Rücksitz seines Streifenwagens geöffnet und ich war eingestiegen.

Und schließlich, zwei Stunden später, kam Parker herein. Gus und Kemp folgten ihr, aber lehnten sich an die Betonwand und verschränkten die Arme. Sie würden zuhören, aber ich konnte erkennen, dass sie keinerlei Absicht hegten, sich einzumischen. Sie hatten recht, ich musste das wieder in Ordnung bringen. Es lag an mir.

Sie stand vor den Gittern und sah perfekt aus. Verboten sexy. Aber in ihren Augen zeigte sich nicht der feurige, starke Frauenblick, an den ich gewöhnt war.

Vorsicht war dort. Genauso wie Leere. Alles nur wegen mir.

„Es tut mir leid", sagte ich.

Ihre dunklen Augenbrauen schossen in die Höhe, aber sie sagte nichts. Ihre Hände legten sich auf ihren Waffengürtel und sie hakte ihre Finger ein.

„Ich hab dir gesagt, dass ich einen großen Beschützerinstinkt habe." Ich stellte mich direkt vor sie, meine Hände umklammerten die Gitterstäbe. „Dass ich besitzergreifend bin. Ich habe dich gewarnt."

„Du kannst nicht mir die Schuld in die Schuhe schieben", widersprach sie.

Ich seufzte. „Ich vermassle es immer noch, Süße, aber jetzt weiß ich wie sehr. Ich hätte mich nicht an Porter Duke wenden sollen wegen eines Jobs. Das war falsch. Du bist klug und fähig, ohne meine Hilfe. Aber ich habe schwer an der Tatsache zu knabbern, dass die Frau, die ich liebe, verletzt werden könnte. Oder Schlimmeres."

Ihr Mund klappte auf und sie starrte mich einfach nur an.

„Ja. Liebe. Es gibt so viele Ehefrauen, deren Ehemänner Polizisten oder Sheriffs oder was auch immer sind und die sich mit der Möglichkeit auseinandersetzen müssen, dass ihre Partner am Ende ihrer Schicht nicht nach Hause kommen. Manche kommen damit klar, andere nicht. Ich versuche es. Ich *werde* es versuchen."

Sie nickte, aber erwiderte nichts.

Ich holte tief Luft, stieß sie aus. „Aber das andere. Ich bin mir sicher, dass ich dir damit viel mehr wehgetan habe. Du hast mir etwas Wertvolles geschenkt und ich…ich…fuck."

Tränen traten ihr in die Augen und ich streckte meine Hand durch die Stäbe, um eine wegzuwischen. „Deine Unterwerfung ist perfekt. Wunderschön. Ich hätte sie dir nie, *niemals* so ins Gesicht schleudern sollen. Wenn du mir eine zweite Chance gibst, verspreche ich, *schwöre* ich, dass ich alles in meiner Machtstehende tun werde, um dein Vertrauen zurückzugewinnen."

„Ich habe einen Job bei Porter Duke im Büro der Staatsanwaltschaft angenommen", sagte sie.

Sie hatte sich nicht bewegt, erlaubte mir, mit dem Daumen über die seidige Haut ihrer Wange zu streicheln.

„Nein. Das werde ich nicht zulassen. Du bist der Sheriff und du solltest das nicht aufgeben, nur weil einer deiner Männer ein Vollpfosten ist."

„Du bist ein Vollpfosten", stimmte sie zu. „Aber ich werde dort nicht wegen dir arbeiten. Der Job steht schon seit dem Sommer fest. Es war Teil meines Vertrags, dass die Anstellung als Sheriff nur befristet ist. Mit Porter ist schon lange vereinbart, dass ich nach der Wahl bei ihm anfange."

„Aber was ist mit – "

„Sie hat ihren Namen nie auf den Wahlzettel setzen lassen", erklärte Kemp, der zu uns trat.

Ich schaute zu ihm, dann Parker. „Du hast nie – "

Sie schüttelte den Kopf.

„Warum hast du nichts gesagt?"

Sie zuckte mit den Achseln. „Es kam nie zur Sprache."

Fuck, ich wäre nicht zu einem völligen Irren mutiert, hätte ich gewusst, dass ihr Job nur vorübergehend war.

„Ich bin froh darüber", gestand ich. „Ich habe deswegen den Karren gegen die Wand gefahren, aber jetzt siehst du wenigstens, wer ich bin. Und ich weiß, wer du bist. Unabhängig. Stark. Mutig. Leidenschaftlich. Ich kann nichts davon unterdrücken, weil es das ist, was ich an dir liebe."

Sie beugte sich nach vorne und wir küssten uns, unsere Stirn gegen die Gitterstäbe gepresst.

Ah, das süße Gefühl ihrer Lippen. Das Gefühl meines Herzens, das sich öffnete und Parker hineinließ.

Sie nahm die Schlüssel von ihrem Gürtel, um die Zellentür aufzuschließen.

„Denk lieber nochmal darüber nach, ob du ihn wirklich rauslassen willst, Elfe", sagte Gus. „Er ist dir jetzt vollkommen ausgeliefert."

Ich lächelte, aber wandte meine Augen nicht von Parker. „Ich bin dir ausgeliefert, Süße, egal ob hinter Gittern oder nicht. Ich habe nur eine Frage."

Sie hob eine Braue und wartete.

„Wenn du dein Amt als Sheriff niederlegst, kannst du dann die Handschellen behalten?"

15

ARKER

Wie sich herausstellte, vergab Liebe. Ich liebte es, dass Poe sich irgendwie hatte festnehmen lassen, damit er sich entschuldigen konnte. Ich hätte ihnen von meinem Job erzählen sollen. Dadurch wäre uns so viel Herzschmerz erspart geblieben. Poe hätte nicht irgendeinen alten Mist aufgewühlt. Aber Liebe war auch schwer. Wahrheiten mussten ausgesprochen, Ängste gestanden werden, damit sie überdauern konnte. In der Liebe ging es um Vertrauen.

Poe hatte sich meines gestohlen, aber ich würde es ihm wieder anvertrauen. Ich war mir nur nicht sicher wie. Ich wusste, dass wir vier am besten harmonierten, wenn wir nackt waren, wenn es nichts zwischen uns gab – keine Arbeit oder Familie oder Mistkerle wie Mark Beirstad.

Und daher hatte ich Poe aus dem Gefängnis gelassen und sie hatten mich nach Hause gebracht. Zu ihrem Zuhause. Und ich hatte ihnen erlaubt, mich zu entkleiden, meine Kleider auf einem Haufen zu meinen Füßen zu legen. Es wurde nicht gesprochen. Es schien, als hätten wir alle genug geredet. Aber wir *brauchten* auch keine Worte.

Sie standen vor mir in Kemps Schlafzimmer, ihre begehrlichen Blicke auf mich gerichtet. Warteten.

Was wollte ich? Was brauchte ich?

Sie.

„Ich liebe euch", sagte ich.

Das tat ich. Sie alle drei.

„Es ist so schnell passiert. So intensiv. Ich hätte nie gedacht...nun, ich hätte nie gedacht, dass ein Mann eine Amazone wie mich haben wollen würde. Meinen Job. *Mich*."

„Elfe, ich höre nicht gerne, wenn du negativ über dich sprichst", merkte Gus an.

Ich nickte leicht. „Ich weiß, aber es ist die Wahrheit."

„Wir wollen dich", sagte Kemp. „Hast du jemals daran gezweifelt?"

„Nein." Ich sah sie alle drei an.

Gus. Der vertraute Gus. Unbeschwert und lieb. Witzig und meine erste Liebe.

Kemp. Befehlend und ruhig. Fokussiert und aufmerksam. Er sah alles, wusste Dinge über mich, die ich selbst nicht kannte. Er brachte mich dazu...mehr zu sein.

Und Poe. So groß, so zerbrechlich. Intensiv. Leidenschaftlich und wahnsinnig loyal.

Sie wollten mich. *Mich*.

„Dürfen wir dich lieben?", fragte Gus. „Wir werden dich küssen und berühren, liebkosen und zum Höhepunkt bringen."

Das klang wundervoll und meine Nippel wurden bei der Vorstellung ihrer Hände auf meinem Körper hart. Aber es klang lieb. Zu lieb.

Ich schüttelte den Kopf. „Das ist nicht das, was ich will. Was ich…brauche."

Mein Blick huschte zu Kemp. Seine Augen verzogen sich zu Schlitzen und es machte den Anschein, als würde er vor meinen Augen größer, befehlender werden. Dunkel, obwohl er der Helle war.

„Was brauchst du, Babygirl? Sprich die Worte aus."

„Euch."

∼

KEMP

Ihre Nippel wurden sogar noch härter. Fuck, sie war hinreißend. Breite Hüften, volle Brüste, glatte Pussy und ich konnte sogar von hier sehen, dass ihre Klit ganz geschwollen und begierig auf uns war. Sie zitterte, aber ich wusste, dass ihr nicht kalt war.

Sie hatte uns zuvor schon ihr Bedürfnis, sich zu unterwerfen, gestanden. Aber das hier war anders.

Poe hatte ihr alles offenbart, hatte ihr die offenen Wunden seiner Emotionen gezeigt. Sein Herz. Ich hatte ein Gefühl, dass Parker diese Stellen füllen, sie heilen würde.

Sie brauchte etwas von uns allen. Gus' langandauernde Liebe. Seine Vertrautheit. Meine Dominanz, offenkundig. Ich sah sie auf Arten, die Gus und Poe nicht sahen. Und Poe. Sie brauchte seinen Schutz, seine Wildheit. Gus und ich würden nicht zulassen, dass ihr irgendetwas geschah, auf keinen verdammten Fall, aber er schenkte ihr diesen Ort, an dem sie nicht energisch und mutig sein musste. Er würde diese Bürden für sie tragen. Sie und Parker beschützen.

Und ihr Körper, ihr Verlangen, sie gehörten uns ebenfalls. Sie musste sie uns nur wieder übergeben.

Ich schüttelte den Kopf. „Brauchst du es, dich vor uns zu knien und unsere Schwänze zu blasen?"

Sie holte scharf Luft, wobei ihre Brüste hüpften. „Ja."

„Brauchst du es, mit dem Rücken auf meinem Bett zu liegen, deine Schenkel zu spreizen und dich von uns lecken zu lassen?"

„Gott, ja."

„Brauchst du es, dass wir dich fesseln, dich nach unten drücken, dir Lust verschaffen?"

„Kemp", wimmerte sie.

„Was ist es, was du brauchst, Babygirl?"

Sie leckte über ihre Lippen. „Euch drei."

„Gemeinsam?", fragte Gus.

Sie nickte, aber dann erinnerte sie sich an unsere Regel. „Ja."

„Dann wirst du mich in deiner Pussy haben", sagte Poe. Er hatte noch nicht gesprochen, hatte vorsichtig gewartet. Ich war froh, dass er jetzt sprach, weil sie diejenige war, die ihre Zustimmung geben würde.

„Ich werde in deinem Mund sein", erzählte ich ihr. Fuck, ich liebte das heiße Saugen ihres Mundes.

„Und ich werde in deinem Hintern sein", fügte Gus hinzu. „Ich bin noch nie in deinem Arsch gewesen. Es ist an der Zeit."

Ihre Hand legte sich zwischen ihre Schenkel und sie berührte sich selbst.

„Fuck, Süße. Du brauchst unsere Schwänze, nicht wahr?", fragte Poe, während er sein Hemd auszog.

„Bitte", flehte sie.

„Oh, wir werden sie dir geben, Babygirl."

Und das würden wir. Für immer.

GUS

Ich hatte mich noch nie in meinem Leben so schnell ausgezogen. Unser Mädel war nachsichtig, großzügig, liebevoll. Und so verdammt fickbar.

Sie wollte uns alle zur gleichen Zeit. Dass wir sie füllten und ganz machten.

Zum Teufel, wem machte ich etwas vor? Sie war diejenige, die jeden von uns ganz machte.

Poe zog die Decke von Kemps Bett, ließ seine große Gestalt in die Mitte fallen, sein Kopf auf das Kissen. Er krümmte einen Finger und Parker krabbelte das Bett hoch und setzte sich rittlings auf ihn. Von meinem Standpunkt aus entging mir nicht, wie feucht sie war. Ihre Haut war so blass, so perfekt und seidig. Ihre Brüste, jeweils eine ordentliche Handvoll, drückten sich gegen Poes nackte Brust, während sie ihn küsste.

Poe war zuerst zögerlich, als wäre er sich nicht sicher, ob er sie anfassen sollte, aber er gab schnell nach, schlang seine Arme um sie und hielt sie verzweifelt an sich.

Ja, ich kannte das Gefühl.

Kemp öffnete die Nachttischschublade, zog einen Streifen Kondome und eine Flasche Gleitgel heraus.

„Die brauchst du nicht", sagte Parker, als Poe sie endlich Luft holen ließ.

Kemp runzelte die Stirn. „Babygirl, auf keinen Fall wird irgendeiner von uns deinen Arsch ohne Gleitgel nehmen. Wir werden dir nicht wehtun."

Sie verdrehte die Augen über Kemp und lächelte, was

ihr nur einen leichten Klaps auf den Hintern einbrachte. „Ich meinte die Kondome."

Ich war gerade dabei, auf das Bett zu steigen, als ich erstarrte. Genauso wie Poe und Kemp.

„Was willst du damit sagen?", fragte ich.

„Gott, schau nicht so panisch. Ich will kein Baby oder so, zumindest nicht jetzt. Ich nehme die Pille und ich bin gesund. Ich dachte nur – mmpf."

Poe küsste sie, stahl ihr, was auch immer sie noch hatte sagen wollen. Ich schaute zu Kemp und er knurrte praktisch, während er sich die Kleider vom Leib riss. Wir hatten uns alle darauf geeinigt, dass wir niemals ungeschützt mit einer Frau zusammen sein würden, bis wir Die Eine fanden. „Wir" umfasste Poe, Kemp und mich, aber auch meine Brüder. Eine Frau ungeschützt zu nehmen, sie mit Sperma zu markieren war nur für das Für-Immer-Mädchen bestimmt.

Ich erzählte Parker das. „Wenn wir dich ungeschützt nehmen, Elfe, nehmen wir dich für immer."

Sie schaute über ihre Schulter, ihre Lippen geschwollen und glänzend von Poes Küssen. „Ich weiß."

Kemp warf die Kondome zurück in die Schublade, aber reichte mir das Gleitgel.

„Bist du feucht, Süße?", fragte Poe. Parker keuchte, als er ihre Pussy umfing. „Ja, das bist du. Tropfnass. Braves Mädchen. Dann steig auf meinen Schwanz."

Daraufhin bewegte sie sich, senkte sich auf ihn und ich beobachtete, wie Poes Schwanz in ihr verschwand. Ohne Kondom.

„Fuck", stöhnte er, seine Hände krallten sich in das Betttuch. „Ich habe noch nie etwas so Gutes gespürt. Ihr zwei müsst in sie dringen."

Mehr musste er nicht sagen. Parker fickte sich ein paar

Mal selbst hoch und runter, während ich das Gleitgel öffnete, etwas davon nach unten zwischen ihre geteilten Arschbacken tröpfelte.

Sie keuchte, dann zog Poe sie für einen Kuss nach unten. Ich nutzte die Gelegenheit, um das Gleitgel in ihr zu verteilen, drückte gegen ihren engen Ring, aber glitt schnell hindurch. Eng, vor allem weil Poe bereits in ihr war. Meine Hoden schmerzten vor Verlangen zu kommen, insbesondere weil sie sich um meinen Finger, und dann zwei, fest zusammenzog.

Kemp stellte ein Knie auf das Bett. „Babygirl, du hast drei Löcher und drei Männer."

Sie hob ihren Kopf und schaute zu Kemp, aber dafür musste sie an seinem Schwanz hochschauen. Sie grinste.

„Ja, Sir."

Sein Schwanz wippte und sie stemmte sich auf ihre Hände und nahm ihn so tief auf, wie sie konnte.

„Fuck", knurrte er.

Ich stand kurz vor dem Orgasmus und ich war noch nicht einmal in ihr. Ich zog meine Finger aus ihr in dem sicheren Wissen, dass sie schlüpfrig und bereit war. Ich spritzte noch mehr Gleitgel auf meine Hand und rieb meinen Schwanz großzügig damit ein. Erst dann spreizte Poe seine Beine, wodurch Parker noch weiter geöffnet wurde. Ich brachte mich an ihrem Hintereingang in Position und drückte nach vorne.

Sie stöhnte um Kemp und ich machte weiter. Sie war immer noch brav. Angespannt, aber versuchte sich zu entspannen. Sie atmete durch ihre Nase und Poe verharrte regungslos.

Ich durchbrach den engen Ring und war in ihr. Sie spannte ihre inneren Muskeln an. Poe stöhnte, ich biss auf meine Lippe. Fuck, sie war eng. Vorsichtig arbeitete ich mich in sie, vor und zurück, bis sie mich vollständig aufgenommen hatte.

Kemp streichelte ihr die Haare aus dem Gesicht. Lobte sie.

„So perfekt. Du bist die Unsere, Parker Drew. Jeder Zentimeter von dir. Du gehörst zu uns dreien."

„Du machst uns zu einer Familie", fügte ich mit zusammengebissenen Zähnen hinzu.

„Ich liebe dich, Süße, aber Alter, wenn ihr zwei euch nicht endlich bewegt, werde ich nicht durchhalten."

Ich gluckste darüber und wir legten einen Rhythmus fest.

Poe stieß seine Hüften nach oben, während ich mich zurückzog, sodass wir sie in gegensätzlichen Bewegungen fickten. Kemp fickte ihren Mund in einem langsamen Tempo, das ihr erlaubte, Luft zu holen. Ihre Augen waren geschlossen, die Wangen gerötet, als sie sich einfach fallen ließ.

Ich sah den Moment, in dem sie das tat, spürte es, weil sich ihre Muskeln völlig entspannten und sie anfing vor Wonne zu wimmern, zu stöhnen.

Das war die ultimative Unterwerfung. Rein, schmutzig, roh.

Und als wir kamen, Kemp zuerst in ihrer Kehle, dann ich tief in ihrem Arsch und Poe markierte ihre Pussy, bestand kein Zweifel mehr, dass sie die Unsere war.

Aber noch viel wichtiger, dass wir zu ihr gehörten.

MÖCHTEST DU NOCH MEHR?

Keine Sorge, es kommt noch mehr Kleinstadt-Romantik!

Aber weißt du was? Ich habe noch eine Bonusgeschichte von Parker, Gus, Poe und Kemp für dich. Also melde dich für meinen deutschsprachigen Newsletter an. Für jedes Buch der Die besten Stücke wird es nur für meine Abonnenten eine besondere Bonusgeschichte geben. Durch die Newsletter-Anmeldung wirst du auch über mein nächstes Buch informiert werden, sobald es veröffentlicht wird (und du erhältst ein kostenloses Buch...wow!)

Wie immer...danke, dass du meine Bücher liest und mit auf den wilden Ritt kommst!

HOLEN SIE SICH IHR KOSTENLOSES BUCH!

TRAGEN SIE SICH IN MEINE E-MAIL LISTE EIN, UM ALS ERSTES VON NEUERSCHEINUNGEN, KOSTENLOSEN BÜCHERN, SONDERPREISEN UND ANDEREN ZUGABEN ZU ERFAHREN. SIE ERHALTEN EIN KOSTENLOSES BUCH FÜR IHRE ANMELDUNG! TRAGEN SIE SICH IN MEINE E-MAIL LISTE EIN, UM ALS ERSTES VON NEUERSCHEINUNGEN, KOSTENLOSEN BÜCHERN, SONDERPREISEN UND ANDEREN ZUGABEN ZU ERFAHREN. SIE ERHALTEN EIN KOSTENLOSES BUCH FÜR IHRE ANMELDUNG!

kostenlosecowboyromantik.com

ÜBER DIE AUTORIN

Vanessa Vale ist eine USA Today Bestseller Autorin von über 50 Büchern. Dazu zählen sexy Liebesromane, einschließlich ihrer bekannten historischen Liebesserie Bridgewater, und heißen zeitgenössischen Romanzen, bei denen dreiste Bad Boys, die sich nicht nur verlieben, sondern Hals über Kopf für jemanden fallen, die Hauptrollen spielen. Wenn sie nicht schreibt, genießt Vanessa den Wahnsinn zwei Jungs großzuziehen, findet heraus wie viele Mahlzeiten man mit einem Schnellkochtopf zubereiten kann und unterrichtet einen ziemlich guten Karatekurs. Auch wenn sie nicht so bewandert in Social Media ist wie ihre Kinder, so liebt sie es dennoch, mit ihren Lesern zu interagieren.

BookBub

www.vanessavaleauthor.com

HOLE DIR JETZT DEUTSCHE BÜCHER VON VANESSA VALE!

Du kannst sie bei folgenden Händlern kaufen:

Amazon.de

Apple

Weltbild

Thalia

Bücher

eBook.de

Hugendubel

Mayersche

www.ingramcontent.com/pod-product-compliance
Lightning Source LLC
LaVergne TN
LVHW011832060526
838200LV00053B/3981